U0068015

電話情緣

汶莎 著

天空數位圖書出版

序

2019 真是一個變動年，除了工作以外，還遇上了搬家，還要爬格子，生活真是忙到令人覺得疲累，不過到現在也 12 月了，沒想到就這樣一拐一拐地慢慢的爬，也能爬到了第二本書，其實這本我也挺意外能被結成短篇集小說，當編輯說要將《電話情緣》、《視綫》和《Femdom Play》合成一本時，我驚喜中又存有一點擔憂，喜的是又能出一本書了，憂的是這三篇的風格不同，不知看倌們是否能夠接受…

這次故事從尹方朔和倪曉芃的純愛小清新－《視線》，黃楷傑和曾雅芩間撲朔迷離的愛情－《電話情緣》，最後則是秦尚珉和鄭螢各自的情慾流放－《Femdom Play》，每篇故事都有其特色，大家各自對於『愛』的堅持與定義也有所不同，不知看倌們會喜歡哪一篇故事呢？

今年的冬天不是說很冷，我的家到現在都還沒裝潢好，最近又好像變胖了許多…接著又要過年了，我的天啊…好多惱人

的事怎都在年尾了還不給我個結束呢？我好想念寒冷的冬天喔…嗚嗚嗚…好了，抱怨到此為止，總之書序就這樣湊著湊著也寫完了，再次謝謝您們的支持，如果喜歡我的作品的話，也希望大家不吝給我一些鼓勵，讓我有動力再繼續產出新的作品！請盡情享受閱讀的樂趣吧！

汶茗

目錄

Femdom Play

電話情緣

第一章　錯誤的邂逅

炎熱的太陽毫不留情的直射在曾雅芩的身上，雖然曾雅芩早已做好了防曬的萬全準備，但仍是逃不過太陽強烈的攻擊。

「天呀，熱死人了，早知道就別出來買什麼鬼參考書了…」曾雅芩一面抱怨一面走在騎樓裡躲避太陽的糾纏。

「得快點回家才行，這樣子才能吹到我心愛的小冷氣！我親愛的冷氣！等我，我就快到了！」心裡只想著快點回家吹冷氣的曾雅芩完全沒看到迎面走來的人，碰的一撞，手上的書頓時掉了滿地。

可惡！到底是哪個笨蛋走路不看路！曾雅芩先發制人，劈頭就是一陣痛罵。

「喂！你到底會不會走路啊你！」

「對…對不起，我馬上幫你撿起來。」眼前的女子像是做錯事般的馬上蹲在地上撿書，一面跟曾雅芩道歉。

曾雅芩看對方如此真誠的歉意，反倒有點不好意思起來。

明明是自己先撞到人家而且還罵了一下對方⋯而且對方又那麼愧疚⋯唉⋯

曾雅芩隨即蹲下身「沒⋯沒關係啦！反正只是書掉了而已，撿起來就沒事了。」一面安撫著眼前急得快要哭出來的女子，一面撿著書；女子將掉在地上的最後一本書撿了起來，正打算還給曾雅芩時，忽地抬頭，對上曾雅芩的眼。二人對視許久，同時驚訝的張大嘴巴。

「倪婉寧！」

「曾雅芩！」

二人異口同聲的喊著對方的名字，相視笑著。

曾雅芩止住笑，看看眼前的倪婉寧，雖然長相、氣質沒什麼變，但一些外在的變化卻讓彼此感嘆著時間真的過得好快。

「好久不見！自從那次你去美國後我們就沒再聯絡了呢！」曾雅芩感嘆的說道。

「對啊，真的很久不見了。剛剛撞到了你還真是不好意思呢！」

「哪裡，是我不小心沒看路，對了，你是要去哪丫？看你走的那麼匆忙…該不會是要去約會吧！」曾雅芩調侃的用手肘頂了頂倪婉寧。

「才不是哩！我是要去開會！時間不多了，我要趕過去才行。先掰了！」倪婉寧急急的正打算要走的時候，卻被後頭的曾雅芩叫住。

「你有電話吧？留下來，以後方便聯絡。」曾雅芩拿出一隻筆和一本小筆記本說著。

「ok！0947-878990，有空記得打給我喔！先走了！掰！」說完倪婉寧就急忙趕去開會。

呵，真是太巧了，竟然會遇到婉寧，唉…想到當時他在國中的時候，因為家裡工作的因素，全家搬去美國定居，本想以後都再也見不著面了，沒想到現在竟然又能再見面！我們真有緣…晚上等等打給他，這次我一定要跟他好好地聊的痛快！

曾雅芩想著想著不知不覺走回到了自己家裡，一進房間馬上按下冷氣搖控器的按鈕，隨著呼呼的冷氣運作聲，放下手上

的一堆書，看著抄著倪婉寧手機的筆記本，高興的坐在床上等著晚上的到來。

時間一分一秒的過去，身體的疲倦再加上冷氣的吹拂下，曾雅芩不自覺的躺在床上睡著了，等到他醒來以後已經是晚上十二點多的事情…

「天啊！我怎麼睡著了…唉…已經十二點多了耶！不知道婉寧睡了沒有，碰碰運氣吧！」

突然驚醒的曾雅芩仍止不住想與好友閒話家常的心情，拿起一旁的手機，對著手上抄的號碼，一個一個的按上去，經過短暫的嘟嘟聲，電話"卡"一聲的接通了。

「喂！婉寧！我是雅芩！你還沒睡啊…真是太好了！我跟你說…」

「抱歉，小姐！你打錯電話了。」一道滲雜著睡意的男聲直直的打入曾雅芩的耳朵深處，打斷了曾雅芩接下來想要說的話。

打錯？拜託！本小姐怎麼可能會打錯電話！曾雅芩舉起抄著號碼的那隻手說著

「請問你的電話是 0947-878996 嗎？」

「是的！沒錯。」男子肯定道。

「那就對了啊！那就證明我沒打錯電話！我要找倪婉寧小姐，麻煩請你讓他聽一下電話好嗎？」曾雅芩按捺著即將爆發的情緒，耐心的說著。

「對不起，我們這裡沒有這個人！」男子似乎已經完全清醒了，沉穩的男聲再也不夾雜著睡意。

「那你是誰？」曾雅芩的口氣開始不好了起來，衝著就是將心中的疑惑說了出來。

「我是誰？關你什麼事？我倒還想問你是誰哩？三更半夜不睡覺還打電話來擾人清夢，神經病！」

被男子這麼一說，曾雅芩按捺許久的情緒終於爆發了

「什麼！我明明沒打錯電話你硬說我是在打擾你睡覺還罵我神經病！好呀！你今天不給我交出倪…」

曾雅芩還沒罵完就被男子"卡"一聲的掛斷電話，曾雅芩氣得將電話再次重撥，結果電話卻傳來一陣機械化的女聲。

「對不起，您撥的電話暫時無法接聽…」

「可惡！氣死我了！好樣的，竟然掛我電話！改天如果被我抓到休怪我無情！哼！」

曾雅芩用力的將手機舉起打算摔出去，但想到那未分期完的手機帳，氣呼呼的輕輕放下手機，拿起一旁的小兔兔絨毛娃娃，揍了幾拳，以發洩心中的怒氣。

事情過了一個禮拜，曾雅芩走在路上的時候看到一抹熟悉的身影從他面前晃過。

「這…該不會是…」

曾雅芩立刻跑上前去，看到這許久不見的面孔又再度勾起了微笑，輕輕的拍了一下他的肩說「嗨！又見面啦！」

「咦！真巧！你怎麼會在這？」倪婉寧驚訝的問著眼前再度遇見的好友。

「出來逛逛罷了，對了，我跟你說，上次遇見你的時候你不是給我你的手機號碼嗎？結果我打過去竟然是一個男人接的，起初我以為是你男朋友，結果他跟我說你打錯了，可是我

明明就沒打錯，但他硬跟我說是我打錯電話了！」曾雅芩噘著嘴把那天晚上所發生的事一五一十的說給倪婉寧聽。

倪婉寧皺起眉頭猜測道「該不會是你抄錯號碼了吧？」

「怎麼可能！你的號碼不是 0947-878996 嗎？」曾雅芩信心滿滿的唸出他抄的號碼。

「錯了！」

「咦？」曾雅芩被倪婉寧的一句話打的一愣一愣。

「我說…你抄錯了！是 0947-878990！是"0"不是"6"！真是被你打敗了！」倪婉寧撫著額頭，一副頭痛的樣子。

曾雅芩不敢相信的將嘴巴張成大大的"O"字型，一切的動作彷彿被石化般的靜止在原地。

天啊！我怎麼會犯下這種錯誤…而且還做了那種事…完蛋了啦！

倪婉寧看著正沉浸於懊悔之中的曾雅芩說道「唉…事情過了就算了，你改天再打過去跟人家賠個不是就好了。我有事我先走了！晚上再電話聯絡！掰！」

「掰…」

曾雅芩萬萬沒想到打錯電話這種蠢事竟然會發生在他的身上，他慢慢的走在路上想著上禮拜打給對方時的糗態。

怎麼辦…打過去跟他道歉？還是…當做沒這件事發生？還是…唉！算了算了！還是打過去跟他道個歉好了，以免我的良心不安。

拿起電話，按下那晚之後就沒再撥過的號碼；專心的想著該怎麼跟人家道歉的曾雅芩，完全沒注意到行人號誌燈已從小綠人轉成小紅人，自顧自地走在班馬線上。

突然的煞車聲和電話的接通聲同時響起，曾雅芩被電話裡的怒罵聲所吸引，完全無視於剛剛差點要撞上他的車子。

「喂！我一打過來口氣就一定得那麼兇嗎？」曾雅芩對著電話裡突如其來的怒罵聲感到不爽，但礙於自己是打來道歉的，所以刻意的壓低姿態說著。

男子坐在駕駛座聽著從藍芽耳機裡傳來的聲音，和眼前粗神經的女子如出一轍，隨即明白了情況，抑住脾氣靜靜的說道。

「當然得兇！你看看你站在哪裡！」

「我站在哪關你…」曾雅芩接下來該說的話反而被自己所處的環境嚇到無法接下去。

我…我怎麼會站在路中央？旁邊還有一台銀白色轎車…轎車車頭距離我只有短短的二到三公分！？

「我…我被撞了？」曾雅芩嚇的脫口說出自己心中的疑問，電話裡的另一頭與探出車窗外的男子同時說道。

「你沒被撞！是"差點"被撞！」

曾雅芩慢慢的從電話裡抬起頭來，驚訝覆蓋了他的言語，睜大了雙眼看著眼前扯到不行的戲碼活脫脫的在馬路正中央上演著…

"世界真是小"這句話套用在這二人身上是最適合也不過了；沒想到撥出去的號碼主人竟是眼前差點撞到他的「車主」，曾雅芩為這巧合及眼前的情況呆愣在原地，站在馬路中央的他，久久無法回神，男子掛掉電話後等了許久，只見曾雅芩遲遲回不了神，為了怕他妨礙到交通，於是將還在神遊的他請上車，在車上的二人始終不發一語。

回過神的曾雅芩，仔細的打量著眼前這位男子；他…就是那個人？也未免太帥了吧…深邃的五官、層次分明的頭髮、混厚的雙唇再加上結實勻稱的身材，可是…個性就有點…

「小姐，你清醒了沒？該不會被嚇到虛脫無力了吧！」男子打趣的說道。

「我…我才沒有哩！豬頭！」曾雅芩不悅的回應著男子輕浮的挑逗。

「喔…是嗎？那剛剛是誰嚇到連路都走不好還得需要我這個豬頭扶著走的啊？」

「你…」

曾雅芩被男子的反擊打得無法招架，從來就沒人躲得過他的毒舌攻擊，但今天卻被這初次見面只聊過二通電話的男子給全數打回包票。

可惡！算了，今天是來跟他道歉的就暫時先別跟他計較那麼多，否則還有可能被他嫌我沒肚量呢！

「喂！」曾雅芩叫著正在前座開著車的男子，但男子卻理也不理無視曾雅芩的呼叫。

「喂！你耳聾啊！我在叫你！你聽見了沒有！」曾雅芩氣急敗壞的拍著男子的肩膀，男子這時才緩緩的出聲。

「我不叫"喂"，我可是有名字的。」

「我又不知道你叫什麼名字！」曾雅芩不悅道。

「黃楷傑！」

「喔，好！你現在有空嗎？」

「有是有，不過你要幹嘛？」黃楷傑問道。

「請你吃飯！」

「為什麼？」黃楷傑被這突如其來的邀約搞得一頭霧水。

「因為要跟你道歉！上次三更半夜打給你的那次…我很過意不去…」曾雅芩越說越不好意思，頭也跟著慢慢低了下去。

「呵！你還知道錯了啊！」男子頓時恍然大悟，繼續說道「我還以為是哪個瘋人院偷跑出來的瘋查某打電話來亂的哩！」

隨著男子的捉弄，曾雅芩的火氣也開始慢慢上升。

　　早知道就不來道歉了，竟然說我是瘋查某！氣死我了！算了！反正過了今天我們就再也見不著面了，忍住！忍住！

　　此時，黃楷傑接起正響著和絃鈴聲的手機，短短的講了幾句話後便應聲掛斷，望向後照鏡裡正恨得咬牙切齒的曾雅芩歉然說道。

　　「對不起，臨時有事，所以沒有辦法吃你請的飯了，所以說…」黃楷傑拿出放在右胸口袋上的名片交給曾雅芩。

　　曾雅芩看了看手上的名片，服裝設計師？他是設計師？真看不出來…

　　「請你明天下午三點來這裡找我行嗎？既然你要跟我道歉，那就得要有誠意點才行，我先送你回家。」

　　好一個黃楷傑，既然你想要我有"誠意"點，那麼我就"誠意"給你看！

　　「沒問題，送我到前面那條街就好了。」心中大打著如意算盤的曾雅芩，笑笑的下了車，跟黃楷傑道別後，便慢慢的走了回家。

第二章　首席設計師

隔天，曾雅芎依約來到了一棟大樓，依循著名片上的樓層跟著上樓，迎面而來的就是掛著 Gealwo 招牌的工作室，走到這曾雅芎已止不住驚訝。

什麼…他在這工作？這品牌不是百貨公司才能看到的高檔貨牌子嗎？不可能，不可能，憑他在裡面應該也只能當個小裁縫師而已，沒什麼了不起的。

在曾雅芎向櫃台小姐報名來歷後，在櫃台小姐的指引下，來到了黃楷傑的辦公室，看著辦公室裡面的名牌，曾雅芎大聲驚叫。

「什麼？你是 Gealwo 的首席設計師？」曾雅芎難以置信的在工作室放聲大叫著。

「你小聲點，每次你一見到我都是在大驚小叫的狀態，偶爾換點新鮮的嘛。」黃楷傑一副受不了的樣子對曾雅芎說著。

「誰叫你每次做出來的事情都與你本人不符。」曾雅芎沒好氣的說道。

「喂喂喂！小姐！你說這什麼話，真是過份。」

「我不叫喂！我可是有名字的！我叫曾雅芩！」

「好！曾小姐，我們是不是該來談談有關你道歉的事宜…」黃楷傑示意著曾雅芩坐在對面的椅子上，以便好好的討論接下來的事情。

「不是說好請吃飯嗎？」

「不…我不想這麼簡單的放過你…嘿嘿…」黃楷傑意有所指的望向坐在對面的曾雅芩，不懷好意的眼神讓曾雅芩心中滿是不安，身上直起雞毛皮。

曾雅芩心想：他不要我請他吃飯的話…那他該不會要我以身相許吧？我不要…我還那麼年輕，我才不要那麼快就失身哩！不過…如果對象是他的話那我還可以勉強接受啦…嘿嘿嘿…

黃楷傑一拾剛剛的笑顏，正色道「我希望你能夠當我的模特兒。」

「模特兒!?」曾雅芩不敢相信眼前黃楷傑所提出來的要求竟是如此的讓人不知道該如何回應。

「是的，再過一個月就是我今年秋裝的發表會了，本來約好的模特兒突然出了狀況，而我臨時又找不到合適的人選，就在昨天遇見了你，才覺得你或許會適合…。」

「可是我又沒有什麼經驗，再說…我又長的不是說很好看…身材也是…」曾雅芩淡淡的推拒道，黃楷傑緩緩起身，繞過桌子走近他的身旁

「這我知道，但長的好不好看不是重點，只要能把我設計的衣服突顯出它的美感的人就是我所要的人，你的身材還算不錯，正好是我這次發表服裝所需要的身材，簡單來說剛好這些衣服都滿適合你的，就像是為你而設計的。經驗的話就不用擔心，我們會設計一套課程來訓練你的，所以…請你幫幫我吧！」

看著黃楷傑解說的如此賣力、誠懇，曾雅芩的心突然猶豫了一下。

「可是…」

「可是什麼？」黃楷傑對上曾雅芩為難的神情柔聲問道。

「可是我還是覺得我不行，我知道當模特兒並不是那麼簡單，除了要有身材、臉蛋、魅力…」

「這些都不是問題！」黃楷傑嚴厲的臉色馬上否決了曾雅芩的看法，被黃楷傑的氣勢壓得快喘不過氣的曾雅芩顯然有些退縮。

「如果你一直在意這些外在條件的話，那你就沒有成功的一天！想要成功就得一試！否則天底下哪來的愛迪生，哪來的牛頓？」

聽著黃楷傑義正嚴辭的教誨，聽著覺得也是有理，於是曾雅芩握緊拳頭決定一試，便頷首答應黃楷傑的請求。

「太好了！」黃楷傑高興的抱住曾雅芩。

「我就知道我的眼光沒錯！那麼從下禮拜開始就請你學習如何走台步吧！課程我會幫你安排，至於錢的事情你就不用擔心了。」

「嗯…這個…手…」曾雅芩指著黃楷傑緊抱住自己的手，順著曾雅芩手指的方向看去的黃楷傑尷尬得趕緊放開手，衝著對曾雅芩就是一笑。

「對不起…一時太高興…失態了。」

「沒關係，總之就先這樣了，以後就請你多多指教了。」曾雅芩站起身來跟黃楷傑說著。

「不會，我還得感謝你肯幫我這個忙呢！」黃楷傑禮貌性的回應著。

「哪裡，誰叫我那天三更半夜不睡覺，當個瘋查某在那亂打電話。」曾雅芩自嘲著上一次打錯電話的糗態。

「呵，那就期待下禮拜再見。」

「嗯！那我先走了！掰！」

曾雅芩從黃楷傑的工作室離開後，就一直回想著剛剛發生的事情。

我要當模特兒了！真沒想到別人擠破頭想要的工作竟然被我那麼輕易的得到了，我真是因禍得福啊！等等一定要跟婉寧說這個好消息才行。可是…那一抱…我竟然沒有躲開，也沒有賞他一巴掌，我到底怎麼了？通常對男生拒而遠之的我為何唯獨對他就沒有平常的那種感覺？被他突然的抱住也沒有平常時的那種不適感？我該不會是病了吧…算了！還是別想那麼多，還得趕回家煮飯呢！再慢下去肯定會被罵死。

曾雅芩拋開這個使他煩惱不堪的問題，加快腳步往回走去。

第三章　音樂結束

習慣寫著記事的黃楷傑，由於忙著工作，時不時的才寫著日記，晚上好不容易有偷到一點時間，黃楷傑拿起筆，寫下這幾天發生的事情：

四月三日　　星期二　天氣：晴

那天晚上因為忙著接紐約來的 case，結果昏昏沉沉的睡著了，不久，手機突然響起，一個不認識的號碼，我沒想那麼多就直接接了起來，原來是打錯電話…奇怪，明明就是你打錯電話為什麼還那麼兇，真是無理取鬧！還是掛掉好了…啊，沒電了…真糟糕，算了，明天早上再充就好了。

四月十一日　星期三　天氣：陰

可能每天都忙著接 case 吧，一個禮拜過去了，那件事情就被我當作過眼雲煙般的迅速忘卻，今天早上本想出去逛逛找個題材，在紅綠燈前手機正好響起，正當我接起來時，好死不死差點撞到一個闖紅燈的女子，我率先開罵，忘了自己的手上正

拿著手機…咦？奇怪，那女子講電話的內容怎麼跟我手機聽到的一樣？難道…如果我猜的沒錯的話…試試看好了。

「當然得兌！你看看你站在哪裡！」

「我站在哪關你…」

果然沒錯，真的是他，這個女的真是迷糊，不過…他還長得滿可愛的，大大的眼睛、小巧的鼻子、豐澤的小嘴及不是說很出色但卻是最完美比例的身材，以整體來說真的是可愛得恰到好處。啊，現在不是說這個的時候，還是趕緊將他請上車才行，如果妨礙到交通實在是不好。

什麼？原來上次打錯電話的就是你！難怪，我還在想為什麼你會有我的電話呢…原來是這樣子啊…要跟我道歉？請吃飯，OK 啊！當然可以，可惡！手機又響了，不會吧…設計稿少了一份？我明明就整理好放在抽屜的啊？好好好，我回去看一下，唉…吃不到他請的飯了…咦？等等，我記得那邊的模特兒不正好少一個嗎？雖然他沒有像其他的模特兒那麼出色，不過，請他幫這個忙當作歉禮也不為過吧！先給他名片，看他明天會不會來吧！如果會來就真的代表老天爺還沒放棄我！

四月十二日　星期四　天氣：晴

果不其然，老天果然還是眷顧我的，我高興的擁上他，沒想到潑辣的他竟是如此的瘦小…奇怪，我怎麼會做這種吃人豆腐的事？該不會是病了吧！平常的我對女性都是興趣缺缺，可是…對他就…唉，算了，可能是一時高興的意亂情迷吧，還是專心工作的好！別再亂想了黃楷傑！工作！工作！

正當黃楷傑還在日記裡釐清自己的心情記事的時候，曾雅芩的模特兒課程也隨即展開，由於沒有任何經驗，所以曾雅芩在姿勢、體態等各方面，被教師磨了又磨，操了又操。

「好累喔！」一回到家就馬上倒在沙發上的曾雅芩敲了敲已經僵直的肩膀，抱怨著已上了將近三個禮拜的模特兒課程。

「再過二天就是發表會了…真希望到時沒給楷傑添什麼麻煩。」

回想著這三個禮拜黃楷傑陪著他上課的情形，曾雅芩不禁感到有點窩心甚至還有點安心…

明明上課就不關他的事，可是他還每天陪我來上課…這到底是為什麼？

為什麼？為什麼？為什麼？

還記得上次他經過我旁邊的時候偷偷小聲的對我說過"如果可以我倒希望你能夠留在我身邊當我一輩子的模特兒！"

我的表現真的有好到讓他將我留在他的身邊一輩子嗎？還是他在跟我開玩笑打算來整我的啊？嗚…好煩喔！都快到發表會的時間了，我還在這胡思亂想些什麼！一定是太累的關係，先去洗個澡放鬆一下好了。

空盪盪的浴室隨著衣服的褪下響起了清澈的水聲，曾雅芎此刻的心情就如窗外正下著的雨，既冷清又帶絲憂愁…

發表會當日，伸展台前坐滿了一些名流貴族、記者、藝人…等知名人物，還有一小群拿著抗議告示牌的動物保育人士站在不起眼的角落旁，為的就是抗議那些廠商、設計師將動物身上的毛皮做成的皮草。

在後台，曾雅芩的心情一直處於緊蹦的狀態，在一旁的黃楷傑察覺出曾雅芩異狀，隨即趨向前去。

「你還好吧？」黃楷傑關心的拍著曾雅芩的肩問道。

「嗯…只是有點緊張罷了…」曾雅芩放在大腿上的手輕微的擅抖著，黃楷傑杵了一下隨即拉起坐在椅子上的曾雅芩。

「你…你要幹嘛？」

「跟我來！」

說完，黃楷傑就拉著曾雅芩往距離準備室沒幾步路的道具間走去。

「為什麼要來這裡？」曾雅芩疑惑的對上黃楷傑的眼問著。

「我要給你一個不會緊張的魔法特效藥！這種藥只有在沒有第三人的情況下才能發揮效用的！所以我才帶你來這啊！」黃楷傑像是在哄小孩般的向曾雅芩解說著這荒誕故事。

「呵，是什麼特效藥那麼有用啊？快說來聽聽！」曾雅芩陪著黃楷傑玩鬧著，此時的黃楷傑慢慢靠近曾雅芩，二人之間的距離一下子就縮短至短短的二到三公分。

「就是…這個！」

黃楷傑從口袋裡拿出一個紅色的護身符，放在曾雅芩的手上。

曾雅芩看著手上的護身符，再看看眼前笑的很有魅力的黃楷傑。

「你…特地去為我求的？」

「是啊，因為我想你是第一次參與這種場合，應該會感到緊張才對，所以我才特地去求個護身符幫你壓壓驚啦！」

他還真有心，沒想到他那麼替我著想，唉…如果他能當我男朋友的話那該有多好…等等！男朋友！我怎麼會有這種想法？我跟他只是普通的好朋友而已，絕對不是那種關係，剛剛一定是我太累的所產生的依賴感。對！一定是這樣！一定是！

黃楷傑望向一旁低著頭緊握住護身符的曾雅芩不知為什麼一直在碎碎唸著，黃楷傑拍拍他的肩擔心的說道。

「你怎麼了？是不是不舒服？不然今天的發表會你不要上去了！如果萬一在台上你出了什麼事…」黃楷傑還沒說完就被曾雅芩勉強擠出來的笑容給打斷了。

「不！我沒事！只是高興過了頭。謝謝你的護身符！我現在好多了！差不多該我上去了，我先去準備一下！」

曾雅苓為了掩飾剛剛的不安，藉著準備的理由，一下子就跑離了道具間。

站在原地的黃楷傑坐上一旁的椅子，想著剛才發生的情形。

剛剛真是差一點就把他給吻了下去，可是…我怎麼會想要對他做這種事情？該不會…我愛上他了吧？

黃楷傑看著曾雅苓匆匆離去的背影，剛剛發生的事情在他心中撩起的漣漪，久久未能從他心中平復，在漣漪之中，他決定看清內心的自己，看清自己真正的想法。

台上的模特兒們隨著音樂聲的流洩，一個個的走上伸展台：前進、旋身、扭腰、擺臀，努力的使出混身解數，為的只是將設計師的心血透過他們專業的姿態展現出它的風采。

在音樂聲快要結束的時候，擔任最後一套服裝模特兒的曾雅苓漸漸走上伸展台。隨著樂聲，曾雅苓利用身上的皮草搭配著他曼妙的姿態，將整套衣服的美完完全全的展現出來，就在

此時，站在一旁的保育人士開始動盪不安，忽然有一個人從外套裡拿出一把手槍，現場的人頓時尖叫聲四起，槍手瞄準台上的曾雅芩，碰的一聲，將子彈直直的射了出去。

曾雅芩被這突如其來的一槍嚇得緊閉著眼蹲在地上，過了一會，預期來的痛楚卻未從他身上傳來。

咦？我不是中彈了嗎？怎麼沒有痛的感覺？

決定想一探究竟的曾雅芩緩緩地睜開眼，隨即映入眼簾的是黃楷傑一手摀著正流出鮮血的右腹，曾雅芩頓時驚得臉上失去血色。

「楷傑！楷傑！你沒事吧！你千萬不能有事！救護車！快點叫救護車！」

曾雅芩扶起倒在地上的黃楷傑急得哭了出來，黃楷傑只忍著痛楚用手輕輕的拭去他臉上的淚滴。

「不…不要哭…你哭會很醜…」

「笨蛋！現在還管什麼醜不醜的！你千萬不可以給我死！」

「這…點小傷死不了的…你就…」黃楷傑的話還未說完便倒在曾雅芩的腿上。

「楷傑！這…這不好玩！你快醒醒啊！楷傑！救護車！救護車…」

曾雅芩抱著黃楷傑的頭使勁的喊著救護車，不知是不是過度的哭喊，一陣天旋地轉，曾雅芩也隨之暈了過去。

第四章　未確定的愛

這裡…是哪裡？白色天花板…這裡不是我家，那這裡是…對了！楷傑！

「楷傑！」

蘇醒過來的曾雅芩縱然起身，望了望四周才發現這裡是醫院，但卻沒發現黃楷傑的身影，他攔下一旁的護士問著黃楷傑的病床。

「請問黃楷傑的病床在哪？」

「他還在手術房喔！」

「手術房！？那他現在的情況如何？」曾雅芩著急的問著護士有關黃楷傑的最新消息。

「我不清楚，不過你可以去手術房外等醫生出來再問，這樣子會比較清楚。」

「謝謝！」曾雅芩跟護士道完謝後便急著趕往手術房去。

一到手術房門外便看到倪婉寧坐在椅子上。

「婉寧？你怎麼會在這？」曾雅芩走近椅子旁疑惑的問道。

「雅芩！你有好點嗎？我是接到醫院打來的電話說你昏倒被送來這。」倪婉寧慢慢的解釋著，這時原本亮著手術房的燈突然暗了下來，醫生從手術室裡走了出來。

曾雅芩立刻趨上前去詢問正準備將口罩拿下來的醫生「楷傑的傷勢怎樣了？還有救嗎？」

醫生安撫著曾雅芩激動的情緒緩道「先別急，他沒什麼大礙，子彈沒有打傷裡面的器官，算是滿幸運的，現在將他轉入普通病房，接下來只要讓他再多休息一會就好了。」說完醫生便瀟灑的走了。

「呼！太好了！」曾雅芎放鬆的坐在椅子上，而在一旁竊笑的倪婉寧輕扯著他的衣服。

「幹嘛笑成這樣？有病啊？」

「那個男的是誰？你幹嘛那麼關心他！該不會…」

「才不是哩！是普通朋友好嗎！普通朋友！」曾雅芎急忙澄清著倪婉寧的推測。

「是嗎？可是…看你的眼神就不像是普通朋友的感覺！」

「啥？有嗎？會不會是你看錯啦？」曾雅芎驚訝的望向在一旁裝無辜的倪婉寧。

「唉…曾大小姐，你是真不知道還是在給我裝傻啊？我告訴你，旁觀者清當局者迷！你自己好好的想一想吧！既然你已經沒事了，那我先回去囉！掰！」

「…掰！」

曾雅芎反覆想著剛剛倪婉寧說的那一番話；難道…我是真的愛上他了嗎？

曾雅芩慢慢的隨著醫護人員將黃楷傑送往普通病房，一路上都在想著自己是否真的愛上了黃楷傑，看著因麻藥未退還在熟睡中的黃楷傑，手不經意的撫上他的臉頰。

真的好嗎？或許真像婉寧所說的"旁觀者清當局者迷"，可是…我…

「雅芩…」

曾雅芩被黃楷傑突如其來的夢囈驚了一下，但驚訝並沒持續太久，遊移的握上他放在一旁的手。

連睡覺也喊我的名字…該不會他也喜歡我吧？不可能，不可能！八成是夢到我在欺負他之類的！一定是這樣子！不過…假如他喜歡我…那…

曾雅芩的頭慢慢的躺上黃楷傑的病床。

「我…喜歡你嗎？」

「你是喜歡我的！」

突如其來的聲音著實嚇得讓曾雅芩從床上彈了起來。

「你…你醒了？」

　　黃楷傑笑笑的勾了勾手示意著曾雅芩過來，曾雅芩不知是吃錯什麼藥般地像是隻聽話的小狗趨近床前。

　　「是啊，我被你的愛給喚醒了呢！」黃楷傑油腔滑調地輕輕在曾雅芩的耳旁說著。

　　「你…討厭！」曾雅芩的臉急速竄紅，順手就給了黃楷傑一個結實的旋風掌。

　　「啊…痛痛痛…」黃楷傑疼痛的撫著被打的手臂，忘了他還正負著傷的曾雅芩意識到剛剛那不小心的動作便著急的左右查看著傷勢。

　　「對不起！對不起！我不是故意的…啊…」

　　黃楷傑將曾雅芩拉向自己，一個轉身曾雅芩便落入了黃楷傑的懷裡。

　　「噓…你先別動！聽我說…其實一開始在馬路上遇見你的時候我就被你給吸引住了，後來又看見你為了我的發表會忙成這樣，而且還沒有怨言，也很認真的上每一堂課，那時，我就喜歡上你了！不過…你這個動不動就愛罵人的個性真的是該改了。如果不改也沒關係！這並不影響我喜歡你的決定！」

聽完黃楷傑如此性情的告白，曾雅芩放鬆自己的心情，轉向黃楷傑對上他的眼開口說著。

「我會忙成這樣還不是你害的…再說…我哪有愛罵人！明明就是你欠罵！不過…我還滿喜歡欠罵的你，說真的，今天看到你為了我擋那一槍，我真的好害怕，我好害怕會失去你…可是…光是這樣子能構成我喜歡你的理由嗎？」

黃楷傑聽著曾雅芩說完，拿起他的手往自己的臉上撫了幾下說道。

「喜歡一個人不需要理由，最重要的是"這裡"。」黃楷傑將曾雅芩的手移至他的胸口。

曾雅芩不安的眼神對上將自己抱在懷裡的黃楷傑「楷傑，我真的喜歡你嗎？」

黃楷傑溫柔的笑了笑，淡淡的說著。

「如果你還不確定的話…那就交給時間來決定吧…我相信時間能證明一切。」

「嗯！」曾雅芩伸出手回抱住黃楷傑，應許了剛才的提議。

第五章　不再糾結

黃楷傑住院的這段期間，在曾雅芩無微不至的照顧下，得以如期出院，在醫院窩了近一個月的黃楷傑出院後大大的伸了個懶腰。

「呼～～真是憋死我了，我下次再也不要住院了。」

曾雅芩拿著行李微怒道：

「呸！呸！呸！烏鴉嘴，什麼"下次"，沒有下次了好嗎，這種事一次就夠了。」

「是是是，是永遠都別再住院了。」

「這還差不多。」

黃楷傑開心的勾著曾雅芩的手，搭上計程車，沿路上曾雅芩把心中的疑惑向黃楷傑說了出來。

「你…為什麼喜歡我？」

面對曾雅芩突如其來的問題，黃楷傑覺得有些詫異。

「咦，我上次不是有跟你說過了嗎？我在與你第一次相見的時候就被你吸引了，然後就喜歡上你了呀。」

曾雅芩覺得這理由不夠充分，無法說服他，於是又繼續追問。

「那你對我有什麼樣的感覺？」

黃楷傑忖著手臂思考了一下「喜歡的感覺呀！」

曾雅芩翻了一下白眼，不耐煩的回應「吼…我說的是你所謂的"喜歡"是什麼樣的感覺呀！」

黃楷傑開始覺得有些奇怪「為什麼你對這件事這麼執著？」

「因為…我覺得光憑第一印象就喜歡上一個人，感覺很不靠譜…」曾雅芩嘟噥著說出自己內心的不安感。

明白曾雅芩的不安後，黃楷傑溫柔的將他抱在懷裡，輕輕說道。

「我不是說過了嗎，交由時間來決定…我相信時間能證明一切。」

曾雅芩知道需要靠時間來證明，但內心卻不斷的浮現出各種疑問。

「那你說要多久的時間？要怎麼證明？」

黃楷傑笑了笑「那得要看你呀！」

曾雅芩疑惑道「看我？」

黃楷傑點了點頭「嗯，對啊，因為現在是你不知道喜不喜歡我呀，當你喜歡上我的時候，你就會知道我是不是真的喜歡你呀！」

聽著黃楷傑這樣說曾雅芩想想好像也對，那自己對於黃楷傑的心情又是如何呢？他自己也不太曉得，就當曾雅芩還在思考的時候，計程車已駛到黃楷傑的家。

在曾雅芩送黃楷傑回家後，自己又坐上計程車回家，沿途仍繼續在思考自己對於黃楷傑的心情，想不透的他，決定求助好友倪婉寧的意見，於是撥了通電話給倪婉寧。

「喂…婉寧…」

曾雅芩落寞的聲音讓倪婉寧察覺到有些不對勁，便開口詢問。

「怎麼了嗎？是不是發生什麼事情了？」

曾雅芩搖搖頭「沒…只是有些事情想不透…想找人聊聊…」

　　倪婉寧看了看時間後說道「我再剩一個多小時就下班了，不然我們約在星巴巴可以嗎？」

　　曾雅芩點點頭後，在電話的一頭說「嗯，好。」，倪婉寧接著說道「待會見」，然後掛掉了電話。

　　在星巴巴與倪婉寧見面後，曾雅芩將自己的心情說給了倪婉寧聽。

　　「所以…你不知道自己是不是喜歡那個叫黃楷傑的傢伙是嗎？」

　　「嗯…」

　　倪婉寧放下手上的咖啡，嘆了口氣說道。

　　「好吧，那我問你幾個問題好了。」

　　「好啊。」

　　倪婉寧清了清喉嚨，吸了一口氣問道：

　　「當他不在你身邊的時候，你會想說他在幹嘛嗎？」

　　曾雅芩思忖了一下「還好…有時會想…」

倪婉寧再問「那如果你們超過一週沒見面了，你會想和他見面嗎？」

「嗯…會…」

倪婉寧再問「那你對他會有非份之想嗎？」

聽到倪婉寧這樣問，曾雅芩想起黃楷傑結實的胸膛，和完美比例的身材，想像著褪去衣物後的樣子，臉上不禁泛起紅潮。

「嗯…」

聽到曾雅芩的回答後，倪婉寧滿意的笑了笑，

「你…你笑什麼…」曾雅芩嬌羞的說著。

倪婉寧止住笑意說道「你呀…對他有意思。」

曾雅芩有些驚訝「怎麼說？你怎覺得我對他有意思？」

倪婉寧分析道「第一、如果你不在意他的話你也不會去想他在幹嘛，也不會想與他見面，如果是同性朋友就算了，但是對於異性朋友來說，多少一定存有一些曖昧的成份，人家不是說過"男女生之間不存在純友誼"的嗎。」

曾雅芩聽到倪婉寧這樣說感覺似乎也有些道理，點了點頭同意倪婉寧的看法，倪婉寧繼續說道：

「第二、你都對人家有非份之想了，所以在肉體上他已滿足了你的慾望，只是心靈上還差一點，以我認識你這麼多年，我猜想你一定是顧慮對方太快喜歡上你，讓你覺得沒有保障、沒有安全感，因為你想要的進展是從友情昇華成愛情的那種模式。」

曾雅芩再也同意不過倪婉寧的說法，就像是占卜預言般的神準，讓曾雅芩實在佩服，真覺得自己沒找錯人。

「那…那你說我是喜歡上他了嗎？」曾雅芩問道。

倪婉寧喝了一口咖啡，想了想「你應該算是"快要"喜歡上他了，因為你需要的是相處的時間，而你們的相處還不夠久，所以…保持現在這樣友達以上戀人未滿的狀態吧！剩下的就交由時間去證明囉！」

聽到倪婉寧說了和黃楷傑一樣的話，曾雅芩決定再也不去糾結這個問題了，就如同他們所說的"交由時間去證明"，畢竟只有時間才能讓這段關係有所確立。

曾雅芩放下心中的一塊大石，決定好好的與黃楷傑相處。隨著四季的更迭，兩人的距離愈縮愈近，牽著的手也愈握愈緊，這段未確定的愛也隨著時間漸漸明朗。

-End-

電話情緣

視線

第一章　操場上的她

再也沒有比這裡更好的地方了！對於尹方朔來說，二樓教室的最後一排最後一個靠窗的位置是絕佳的特等席。喜歡觀察人的他並非是孤僻的自閉兒，更不是乖戾暴力的問題兒童；而是擁有令眾人傾慕的相貌，還具有極好的個性的他，想當然爾，身旁必定會有個女友做陪襯。

「尹～方～朔」尖銳女性的叫聲在空蕩蕩的二樓響起了極大的回聲。

一陣拉門聲和急促的腳步聲往尹方朔的方向襲近。

「果然你在這裡！」張琴質問的高調語氣使得尹方朔不得不將朝外看的頭，慢慢的收回來。

尹方朔一臉不耐煩的看向張琴，他真想不透當初為什麼會接受張琴的告白，公認是A班班花的他照理說是不缺男人，只不過…怎會選上自己當他的男朋友？到現在依然是無解。幸好，屬於俊男派的他跟張琴二人搭在一起，金童玉女的組合讓他沒當成全「男」公敵。

「你沒事窩在這幹嘛？我不是說過放學的時候來社團接我嗎？讓我在教室足足等了半個小時，結果你竟然…」張琴氣憤的怒瞪著尹方朔。

早就習慣張琴劍拔弩張又高傲任性的個性，尹方朔厭惡的將頭別回去窗邊。

一陣夾雜著淡淡櫻花香的清風，讓尹方朔糟透了的心情得到了些許的平靜，粉紅色的花瓣隨風飄落，也讓他的眼神不自覺的落入了坐在操場邊上的一位少女身上。

觀察過許多人的他並非是監視的舉動，對他來說，看著來來往往的行人或是學校內匆忙、悠閒的人們，自然流露出的情感，沒有刻意的矯飾造作，讓已厭惡了現今社會虛假不實的面孔的他非常嚮往；但，這位少女跟以往他所見到的人們不同，潔淨的面孔有著一雙明亮的眼睛，輕柔的頭髮隨著風柔柔的擺動著，榛子色的肌膚並沒有病態的白皙而是健康的白裡透紅，笑起來的表情可愛，有著溫暖人心的感覺。

正當尹方朔看的入神時，少女一個轉頭便和尹方朔的眼神對上，兩人對看了將近有二秒，待尹方朔回過神來時，他趕緊將頭別進教室。

他…應該沒發現我在看他吧？尹方朔一邊擔心著一邊回想剛剛看到的少女，這時張琴的臉瞬間出現在他的眼前。

「幹嘛！你又怎麼了？你不要以為…」張琴繼續的叨唸，但尹方朔完全沒把張琴的話聽進去，心中一直想著剛剛的那位少女。

「你到底有沒有在聽？朔？朔？」張琴不客氣的叫喊著打斷了尹方朔的思緒。

叫叫叫！只會在那亂叫，吵死人了…

尹方朔有點氣惱的徑自拿起放在桌上的書包，帥氣的放在肩上轉頭正準備走出教室。這樣的舉動似乎讓張琴感受到他的憤懣，張琴不安的拿起書包趕緊追了上去「喂！喂！等等我啊！」

張琴拉住尹方朔的手臂，態度突然軟了下來。

「好啦…對不起嘛…我不該對你這麼兇的…原諒我咩…笑一個！」

「……」

尹方朔依然面無表情也不回話，令張琴有些尷尬。

什麼嘛！明明就是他的錯為什麼我還得這樣的討好他？分明是自討苦吃嘛！張琴生氣的停下腳步，對著還在行進中的尹方朔怒喝。

「氣什麼！明明就是你的錯！發什麼癲？我已經這麼低聲下氣的哀求你了…你…你還…嗚嗚嗚…」張琴說完後蹲在地上開始大哭了起來。

張琴的這番動作終於成功讓尹方朔停下腳步，「唉…真麻煩…」尹方朔無奈的嘆了口氣，轉身往張琴的方向走去。

走到張琴的面前，輕輕撥了撥臉上的瀏海，又再嘆了口氣。

唉…這人真麻煩…為什麼世界上存在著這種麻煩的生物？而且還纏著我…好像是我答應他來纏我的喔…唉…當初的我怎麼會答應，真像是個白痴…

尹方朔彎著腰，牽起張琴的手拉著他繼續往前走，一路上就像母鴨帶著小鴨。

「喂！別哭了！」尹方朔不耐煩的安慰著。

「嗚嗚嗚…還…還不都是你…」張琴一邊抱怨一邊繼續綴泣著。

「好好好！我錯了我錯了！對不起！這樣總可以了吧！」尹方朔翻了翻白眼敷衍的道歉著。

張琴的綴泣聲漸漸縮小，他擦了擦眼淚用著充滿鼻音的聲音黏上尹方朔「那…那你給我個親親我就原諒你！」

靠！來這招！這麼難搞？算了算了…先應付過去再說…

尹方朔一手支起張琴的下巴，一手撫上他的腰，頭便往下湊了上去。張琴也順勢回抱住尹方朔，二人就在教室裡吻的難分難捨，約莫過了二十秒後二人才不捨的分開。

尹方朔慢慢的抬回頭，眼角的餘光瞄到了一個人影在教室門口，反射性的往那個方向看了過去，慢慢的瞪大了眼。

是…是他？

感覺有異的張琴也往同個方向看了過去，只見一個女孩紅著臉站在教室門口。

「啊⋯對⋯對不起⋯打⋯打擾到你們了⋯再⋯再見。」女孩說完後轉頭就跑走了。

兩人愣在原地，張琴的臉上也隨即浮上一抹紅暈，囁嚅的開口「被⋯被看見了⋯」

打破沉默的兩人，尹方朔收起剛剛的驚訝，放開懷中的張琴，便往教室門口走去，看著少女的背影，尹方朔回想著女孩剛剛羞赧的表情。

張琴不以為意的追了上去，抱住尹方朔的手臂甜蜜的依靠著，但尹方朔的腦子全想著剛剛的情景，以及那個女孩的表情。此時尹方朔靜靜的說道：「我們分手吧！」說完後便向那女孩離去的方向追去，留下一臉錯愕的張琴在原地。

尹方朔就這樣一路追出了校園，卻已不見女孩的蹤影，正當尹方朔準備要放棄的同時，突然一輛公車從他眼前經過，而那女孩正巧坐在那班公車上，隔著玻璃車窗又與尹方朔對上了眼。

「紅色 53 號公車嗎…」尹方朔望著離去的公車記下了公車車號，決定明天來公車站等待那女孩，至於為什麼這麼做的具體原因，他自己也不知道，但總覺得只要跟那女孩說上話，應該就能明白心中那股悸動不安的心情。

第二章　躁動不安

拗不過青梅竹馬范蘋的要求，倪曉芃總算答應他，陪他去看學校棒球隊的練習。頂著赤熱的豔陽，搭和著樹上吵鬧不休的蟬鳴聲，以及棒球隊們男人的叫囂聲，使得整個場子熱得像似烤爐般的令人感到煩燥，而在這時范蘋和倪曉芃的出現，中和了棒球場上的熱血氣氛，身為明祈高中校花的范蘋，美貌自是不說，吸引著全場男人的目光，也激起了隊員們的士氣，因范蘋的美貌受到眾人目光吸引的倪曉芃令他感到十分不自在，這也是倪曉芃為何抗拒范蘋前往這樣場合的原因。

隨著比賽的開始，范蘋投入的在場邊加油著，倪曉芃的心思卻隨著櫻花樹的搖曳而分了神，望向花瓣吹向的方向，目光不經意的與樓上看著窗外的尹方朔對上，看見尹方朔趕緊將頭

轉回去的舉動，倪曉芃覺得疑惑，這時范蘋頂了一下倪曉芃的手肘。

「喂，你在看哪裡，現在比賽正精彩的耶！」

「沒…沒啦，只是剛剛風吹的很涼，覺得放鬆而已…」倪曉芃解釋道。

「有嗎？我倒覺得很熱…」正當范蘋要將裙子掀起來扇風的同時，倪曉芃趕緊伸手制止了他。

「范蘋，這裡是學校！你在幹嘛！」倪曉凡驚訝的斥責著范蘋。

范蘋看了看周圍的男人，用著色迷迷的眼神看著他們，范蘋驚覺自己不經意的習慣卻引來了狼群們的覬覦，范蘋故作鎮定，放開拉著裙子的手，牽起倪曉芃的手。

「走…我們快走…」

順利走出棒球場的兩人，很有默契的相視而笑。

「哈哈哈…好在你有制止我，不然我就要走光了…」

「你喔⋯這種大刺刺的個性，要注意一下場合好嗎，虧你還是校花⋯我看應該是『笑花』才對。」

「好啦⋯對不起嘛⋯走吧，我們回家吧。」范蘋拉著倪曉芃的手正要往校口走去的同時，倪曉凡突然想到放在抽屜裡的便當袋忘記帶回家了。

「小蘋等等，我忘記把便當盒帶回家了⋯」

「沒關係啦，明天再一起帶回去就行了。」

「不行！放到明天肯定會發臭，你先去校門口等我，我跑回去教室拿。」

倪曉芃放開范蘋的手，馬上跑回教室，結果跑到教室門口便撞見尹方朔正擁抱著同班的張琴，彼此的唇舌難捨難分的交纏著，看呆的倪曉芃傻愣在原地，直到被尹方朔發現的同時，連便當袋都忘了拿就急忙的跑出去。

倪曉芃跑到校門口與范蘋會合，范蘋看著眼前氣喘如牛，連便當袋都沒拿的倪曉芃，訝異的皺起眉頭。

「你是怎麼了，喘成這樣，啊你的便當袋哩？」

50

「那…那個…我…我不拿了，明…明天再拿。」倪曉芃說完後，拉起范蘋的手往公車站牌走去。

「曉芃，你是怎麼了？臉很紅耶…」范蘋看著倪曉芃開始有些擔心的問著。

倪曉芃大口吸氣大口吐氣著，調整了呼吸，慢慢的吐出一句「沒事。」

范蘋正想再追問時就被進站的公車打斷。

「車子來了，我們上車吧！」倪曉芃推著范蘋緩緩的走上公車。

范蘋有些摸不著頭緒，欲言又止的被倪曉芃推上了公車，待公車駛動，由於車上人潮眾多，倪曉芃和范蘋只好抓著吊環站在走道上，結果從車窗外，倪曉芃沒想到伊方朔竟會追上來，目送他離開。范蘋隨著倪曉芃的眼神望去，發現是尹方朔，便不經意的開口。

「咦！那不是我們班上的帥哥尹方朔嗎？」

倪曉芃瞪大了眼，看著范蘋「你們班的？你認識？」

「對呀，是我們班上出了名的花花公子呢！怎了？你該不會也迷上他了吧…？」

倪曉芃趕緊否認「才沒有，我只是…」

「只是？」范蘋直盯著倪曉芃，讓倪曉芃只好說出剛剛回去班上拿便當袋發生的事情。

范蘋「喔～」的一聲，終於明白為何剛剛倪曉芃的神情如此慌張，企圖掩藏些什麼事情，知道這事情的來龍去脈後，范蘋也了解這對於人際關係不擅長，只懂得讀書的書呆妹子來說，真的的確是個很大的衝擊。

范蘋拍拍倪曉芃的肩說「這種人你還是不要接觸才好。」

倪曉芃明白范蘋的意思，便也不再去多想些什麼。

隔天一早，倪曉芃與范蘋一如往常的相約一同坐公車去上學，當公車抵達明祈高中的站牌，兩人慢慢的走下車，由於下車的人潮眾多，倪曉芃和范蘋兩人完全沒發現後面有個戴著口罩的男子默默的在跟蹤著他們，一路上開心的聊著天，一邊慢慢的走到各自的教室門口才分開。

　　口罩男見倪曉芃走進教室後，緩緩拿下口罩，看著倪曉芃一個人走到座位，坐好位子放好東西後，便拿起書本來看，完全不與班上的人互動，這樣的行為讓口罩男覺得十分的好奇，正當口罩男要找個好位子，好好觀察倪曉芃的同時，一道女聲喚起了他的注意力。

　　「朔～～你是來教室找我的嗎？」張琴一臉靨笑的往口罩男的方向靠去。

　　尹方朔「嘖！」了一聲，感覺美好的時光被突然打斷，一臉不悅的看向張琴，冷冽的說道「我們不是分手了嗎？少叫的這麼親熱。」

　　張琴似乎沒被尹方朔的冷漠嚇到退卻，反而積極熱情的攀上尹方朔的手臂甜膩道「朔～～昨天對不起嘛…我沒有在生你的氣…只是…只是人家…」

　　尹方朔甩開張琴的手，冷冷的回道「夠了，我說過我們已經結束了，你是聽不懂嗎？這樣死纏著我，讓我覺得很厭惡。」

　　張琴聽到尹方朔如此絕情的說道，瞬間臉上的表情僵住，眼眶開始泛起淚水，止不住的隨著哭聲潰堤，鬧出如此大的動

靜，引起了班上一些人的注意，張琴的好友們紛紛跑來安慰張琴，倪曉芃也被走廊上吵雜的喧鬧聲吸引了注意，從書中抬起頭來，映入眼簾的是一個冷酷無情的側臉及哭得梨花帶淚的張琴，倪曉芃疑惑的看著窗外走廊的同時，尹方朔也因張琴煩燥的哭聲而別過頭去，不經意的與教室內的倪曉芃對到眼，兩人彼此凝視了許久，直到向尹方朔的揮來的一拳，正中打中他的臉頰，「碰」的一聲讓倪曉芃回過神來，趕緊別過頭將視線回到書本上。尹方朔也因為這突如其來的動作，而回過頭去，看著眼前向他揮出拳的女子，輕喘著氣的緊握著手，他煩燥的「嘖！」了一聲後便迅速離開現場，留下在場錯愕的人們。

第三章　三人行

尹方朔離去後，回想著剛剛與倪曉芃的對視，圓睜的杏眼裡閃耀著純粹潔淨的光芒，和他以往所看過的完全不同，這也讓尹方朔的心更加的躁動不安，尹方朔想要更加的了解他，如果可以的話更希望自己能夠擁有他、保護他，這樣強烈的想法，讓尹方朔暗自下了決心。

　　倪曉芃回想著剛剛不小心與尹方朔對視的情景，這是他第一次好好的認真看著尹方朔，輪廓分明的臉部曲線，配上濃密剛毅的眉毛，深隧的雙眼皮勾勒出迷人的褐色瞳孔，像是會噬人的黑洞，深深吸引著人的靈魂，讓倪曉芃不禁深陷其中，直到窗外走廊上的人們喧嘩的聲音愈來愈大，「碰」的一聲將倪曉芃拉回現實，為掩飾自己失態的舉動，倪曉芃趕緊將臉埋進書本中。

　　他…不是小蘋班上的那位帥哥嗎？他真的好帥…不…不對，他怎會在這裡？現在外面是發生什麼事？他為什麼會被打？天呀…小蘋…救救我…

　　不知是否因為倪曉芃的哀求有被聽到，走廊吵攘的聲音也吸引了范蘋的注意，范蘋走出教室，看著凌亂的現場，及張琴坐在地上大哭的模樣，一時摸不著頭緒，便走進倪曉芃的教室，好奇的想要打聽一下，結果看到倪曉芃瑟縮在座位上，頭埋進書本裡的模樣，令人覺得十分可愛。

　　范蘋輕拍了一下倪曉芃「喂，你在幹嘛?」

　　倪曉芃抖了一下，從書本中抬起頭來，看到是范蘋來了，趕緊向前抱去。

　　「小蘋…好可怕…剛剛外面好像有人在打架…」

　　「打架？誰跟誰在打架？」范蘋疑惑的問道。

　　「就是我們班的李綺綺，跟張琴比較要好的那一個…他向你們班的那個帥哥揍他…」

　　「你是說尹方朔被人揍了？」范蘋驚訝道。

　　「嗯嗯…」倪曉芃抓著范蘋的衣服輕輕的點了頭。

　　「那…那個叫李綺綺的是你們班的？他跟尹方朔有認識嗎？他怎麼會去揍尹方朔？」

　　倪曉芃搖了搖頭「我也不知道到底是發生了什麼事…好像是尹方朔和張琴說著話，後來張琴就突然大哭了起來，李綺綺聽到張琴的哭聲便走了出去，後來安慰了一下張琴，不知怎麼了就突然揍向尹方朔…」

　　范蘋驚訝了一下，沒想到竟然有人敢對尹方朔下手，若不是想成為全校的女性公敵的話，就是跟尹方朔有什麼深仇大恨，讓范蘋對於李綺綺這個人物好奇了起來。

范蘋拍了拍倪曉芃的背，安撫著他的情緒，不久後上課鐘聲響起，范蘋輕輕的推開倪曉芃，拍了拍頭要他乖乖上課，別想太多，事情已經過去了，沒事沒事。

倪曉芃就像是個孩子一樣，乖乖的點了點頭，目送范蘋回到自己的班上去。回到班級的范蘋坐定位子後，沒多久老師便走進教室上台點名，卻沒見到尹方朔有任何回應。

范蘋望向尹方朔的空著的坐位也沒多想些什麼，便回頭繼續上課，另一邊在保健室裡冰敷的尹方朔沒好氣的坐在病床上，呆呆的望著窗外，保健室的護士阿姨隨口問道

「同學，你不去上課嗎?」

「……」

「好吧…如果你不去上課的話那就在這裡好好休息吧！」

尹方朔繼續望著窗外的藍天白雲，既不想去上課，又因臉頰上冰敷的刺痛感，煩擾的令他心情焦燥不安，為了分散臉頰上的痛楚，尹方朔走出保健室便在校園亂晃，一路晃進了圖書館，看著書架上陳列的圖書，尹方朔隨手選了一本，想找個舒適靠窗邊的位子，卻意外看到倪曉芃坐在教室上課的模樣，尹

方朔驚呆了，沒想到竟然能找到一個如此完美的位子，他的眼神捨不得從倪曉芃的身上挪開，一面看著窗外，一面拉起椅子坐下。

「沒想到在這裡也能看到他…這…莫非是命運的安排嗎？」

尹方朔看著倪曉芃時而寫筆記，時而搔頭撥髮，每個舉手投足之間都充滿了淡雅清韻的氣質，讓尹方朔對倪曉芃更加的著迷，不知是否是今天的課程太過無聊，倪曉芃不自覺的轉向窗外，看著校園裡隨風搖曳的櫻花樹，緋紅的花瓣隨風飛起向遠方飛去，倪曉芃發現對面大樓樓上有個人一直看著自己，但因為早晨的陽光太過刺眼，讓他看不清對方是誰，正當他瞇細眼睛愈要看清的同時，下課鐘聲鈴響，倪曉芃也轉回頭目送老師離去。

「剛剛那個人是…」倪曉芃回想著剛剛在對面的望向自己方向的人，覺得那人身影有些熟悉，有種似曾相似的感覺。

正當倪曉芃一邊思考一邊收拾著桌上的課本，準備下一堂課的同時，范蘋從隔壁班走了過來，一如往常的吸引著班上男同學的目光。

「曉芃，今天放學我們去逛街好嗎？」范蘋提議道。

曉芃歪頭疑惑了一下「要去哪？」

范蘋激動的說「當然是要去買校慶選美比賽的東西呀！」

「喔…你還想繼續蟬聯今年的校花冠軍嗎？」

范蘋撥了一下他柔順的長髮「那當然…明祈高中的校花就只能是我，沒有別人！」

「唔…這口氣倒是挺大的嘛…」突然一道聲音向他們兩人走來。

范蘋和倪曉芃同時回過頭看向聲音的來源，原來是今早賞了尹方朔一拳的李綺綺。

「啊…你不是今早打了尹方朔一拳的那個恰查某嗎？」范蘋驚訝的指著他說道。

李綺綺「哼」的一聲「欺負我姐妹的人就是欠揍，怎麼，你有意見？還有，我不是恰查某，你這個臭三八。」

被李綺綺這麼一說，范蘋也沉不著氣了，慢慢的走向李綺綺，而在一旁的倪曉芃不停拉著范蘋，但范蘋甩開倪曉芃的手。

「誰是臭三八呀，你說話客氣一點！」

李綺綺雙手環胸，刻意突顯著自己那傲人的雙峰說道「唉唷，難道不是你嗎？」

范蘋看著李綺綺一副來勢『胸胸』的模樣，也不甘示弱的叉手曲腰，將自身凹凸有致的玲瓏身材秀給李綺綺看，讓倪曉芃班上的男同學看得目瞪口呆，口水直流。

「呵…恰查某在說什麼鬼話，我看叫恰查某可能還低估了你，應該是…母夜叉吧！還是那個…潑婦！哈哈哈～」范蘋瞇細了眼用鄙視的眼神看著眼前的李綺綺，讓李綺綺氣的漲紅了臉。

「你…哼…不跟你計較了…反正今年有我在，你還能不能連任校花寶座也不好說！」李綺綺說完後就帶著眾姐妹離開。

范蘋看著李綺綺離去，順便在他背後比了個中指，倪曉芃看見後趕緊搗下范蘋的手。

「小蘋你別鬧了…」

范蘋沒好氣道「又不是我故意找碴的好嗎！」

倪曉芃嘆了口氣「唉…好啦好啦…算了，等等就要上課了，待會放學見好嗎？」

范蘋比了個「OK」的手勢後，便隨即回到自己的班上，正當要進教室門時卻被一道沉穩的男聲叫住。

「喂…」

「？」范蘋回頭看了一下聲音的來源，原來是尹方朔。

「怎麼了？」范蘋覺得奇怪，這個平常不苟言笑，沉默寡言的花心大少怎會突然主動來找我，難道是…

正當范蘋想說是不是自己迷人的外貌吸引了尹方朔關注的同時，尹方朔開口問道「剛剛你去隔壁班跟一個女的說話，那個女的是誰？」

「蛤？」范蘋疑惑了一下，回想著剛剛在隔壁班發生的事情。

「誰？你說是誰？是今早揍你的李綺綺嗎？」

「……不是，另一個。」

「倪曉芃？」

「喔…是嗎。」尹方朔撫著冰敷的臉說著，便慢慢的走回座位。

范蘋不懂尹方朔到底想要幹嘛，猜測著各種可能，難道說…尹方朔要對曉芃下手？

預想著這可能發生的事情，范蘋走到尹方朔的位子。

「喂，我警告你，不要對曉芃下手！」

尹方朔不解的看著范蘋「下手？我能對他做什麼？」

范蘋繼續說道「我知道你是來者不拒，但曉芃他不是那種呼之即來，揮之即去的那種女人，如果你對他有什麼意圖，我勸你最好打消念頭，不然…」

尹方朔放下手上的冰敷袋，瞇細著眼睛看著范蘋「不然怎樣？」

尹方朔幽幽然的說著，散發出的威赫感不禁讓范蘋震了一下，范蘋吞了吞口水。

「不然…我就讓你好看！」說完後便走回座位上。

尹方朔根本沒把范蘋的威脅放在心裡，他拿起冰敷袋繼續冰敷著紅腫的臉頰，然後繼續上著課，隨著時間的過去，下午放學的時間也悄然來到，鐘聲大肆作響，教室充滿了桌椅磨擦的聲音，可以感受到大家歸心似箭的急迫感。

但與這場景顯得格格不入的便是尹方朔仍繼續坐在位子上，看著前方正在收拾東西的范蘋，一路望著范蘋走出教室與倪曉芃會合後，才緩緩的收拾桌面拿起書包起身走人，與前方的范蘋和倪曉芃保持著一定的距離，在後頭緊跟著。

和倪曉芃一起逛街的范蘋，一路上總覺得不太對勁，當走到交叉路口停紅燈的時，范蘋突然轉頭一看，才發現原來尹方朔一直跟在他們的後頭。

「你…你怎會在這裡？」范蘋緊護著倪曉芃指著尹方朔問道。

「……」

見尹方朔沒有回應，范蘋接著說著「你是不是想對曉芃幹嘛？」

倪曉芃驚訝了一下，摸不著頭緒的眼神，來回看著尹方朔和范蘋，完全不了解這兩個人到底在幹嘛。

「小蘋，你是在說什麼？他怎麼了嗎？」

「曉芃，你別管，這件事交給我來處理。」范蘋義氣的說道。

尹方朔嘆了口氣，慢慢走上前對著范蘋說「我沒想要對他做什麼，不必對我這麼防備。」

范蘋疑惑的回道「是嗎？那你幹嘛跟在我們後面？」

尹方朔說道「沒幹嘛，我只是想觀察他而已。」然後指向倪曉芃。

倪曉芃疑惑指著自己「我？為什麼？」

范蘋聽得也一頭霧水，完全不曉得尹方朔到底想幹嘛。

「總之，你們兩逛你們的街，不用管我，我也不會去打擾你們。」說完後尹方朔自動往後退回原來的地方，並用手勢示意他們已經綠燈了，要他們快點走。

范蘋和倪曉芃感覺尹方朔似乎沒有什麼惡意，雖然仍還是搞不清楚他到底想要幹嘛，便懷著猜疑的心態兩人有些不自在的繼續逛起街來。倪曉芃對於尹方朔這奇怪的行徑也開始感到好奇，在逛街的路上，不時的頻頻回頭看著尹方朔，有時看到他不小心撞到行人，忙著與人道歉的模樣；有時看到他一臉和藹微笑的在攙扶著老太太過馬路；有時又看到他站在乞丐的面前猶豫著是否捐錢的困擾模樣；有時則是看到他抬頭看著巨幅螢幕撥放的電影預告而默默流淚。他驚訝的發現今天一天竟然看到尹方朔各種不同的面向，一反內心中以為只是個冷酷無情、不苟言笑的冰山帥哥形象。

在倪曉芃驚訝之餘，范蘋也是第一次發現，私底下的尹方朔竟然與在班上的形象完全截然不同，原本讓人感覺高不可攀，

現在卻如此的平易近人，逛街逛累的兩人坐在公園上的長椅，看著對面的尹方朔。

「喂…你…為什麼要觀察倪曉芃？」范蘋率先開口將心中的疑問提出。

尹方朔先是靜靜的不說話，像似在思考什麼，手指頂著下巴緩緩的開口說道「因為…我喜歡他。」

面對突如其來的告白，倪曉芃先是嚇到，隨即臉上染上些許的嫣紅。

「你…你…你…我…我…我…喜…喜…喜歡？」

范蘋看到語無倫次的倪曉芃，然後又看向突然告白的尹方朔，心中浮現滿滿的不可思議。

「啥？你喜歡曉芃？怎麼可能…他可是跟你之前交往過的女朋友完全是不同類型的人哩！你不是都喜歡那種聒噪、愛炫耀、個性差的公主嗎？」

尹方朔記不得之前交往過的那些女孩的面貌，但聽范蘋這樣描述起來，好像他之前交往過的女孩都是這樣個性的人，尹

方朔淡淡的說道「沒…那些是他們主動說要來當我女朋友的，我不喜歡他們。」

范蘋驚訝的張大口「什麼？你不喜歡他們那幹嘛還要跟他們交往？」

「因為拒絕他們，後續會有很多麻煩。」尹方朔理所當然的說道。

范蘋聽到尹方朔的回應，更覺得不可思議，竟然有人因為怕麻煩而答應跟人家交往，這讓范蘋忍不住吐槽。

「可是…你跟他們交往後不是反而更麻煩嗎？」

尹方朔歪頭回想著以前交往的情景，感覺范蘋說的好像也對。

「也是…不過…覺得麻煩的時候，只要隨便敷衍過去就行了。」

「隨便敷衍？」范蘋不太懂尹方朔的意思，尹方朔繼續解釋道。

「有時他們會黏著我，讓我覺得很煩燥，這時候只要說些甜言蜜語或是給他一個吻之類的，他們就會乖乖聽話了。」

聽到尹方朔這麼說，范蘋不知為何覺得有些生氣，氣憤的猛地站起身，嚇得一旁的倪曉芃震了一下。

「我們曉芃並不是個可以讓你隨便這樣對待的女孩，你搞清楚狀況！」

倪曉芃拉了拉范蘋的裙子，示意著范蘋不要生氣並要他坐下。

尹方朔被范蘋突如其來的怒吼有些嚇到，眼神呆然的看著范蘋和倪曉芃，開始慌張的解釋道。

「不…不…我…我不是這個意思…我…我沒有想要這樣對倪曉芃…我…我是真的喜歡他…他…他是我第一個喜歡的人…」

范蘋有些氣憤的回道「你騙人，我才不相信你是真心喜歡曉芃的！你一定是想把曉芃騙到手後，再隨便處置。你說，你到底對曉芃有什麼企圖？」

尹方朔聽到范蘋這樣說，更加緊張「我沒有！我是真的喜歡他的！我沒有騙人！」

　　范蘋看著尹方朔想要努力的解釋，開始有點相信尹方朔說的話，范蘋調整了一下氣息，反問道「那你說說看，你喜歡曉芃哪裡？」

　　尹方朔看向一旁的倪曉芃靜靜的說著「我喜歡他靜靜的樣子，做什麼事態度都很從容，也喜歡他笑起來的樣子，十分的迷人可愛，我也喜歡他舉手投足間都帶有輕柔優雅的模樣。」

　　聽著尹方朔甜蜜的描述著倪曉芃的模樣，范蘋不禁全身起了雞皮疙瘩，倪曉芃在一旁聽著也不禁耳根子臉紅心跳，害羞的摀著臉。

　　「你確定你說的是我認識的那個倪曉芃嗎？」范蘋疑惑的問道。

　　「當然！」看著尹方朔堅定的眼神，像似向范蘋訴說著內心澎湃洶湧的情感都是真真切切。

　　范蘋撫著額頭「可是…你和曉芃又沒有真實的相處過…你怎麼知道他真實的個性與你所描述的是一樣的呢？」

尹方朔搖搖頭「就算不一樣也沒關係，不論是在操場還是教室或是圖書館，我看到的他就是他，就是給我心動的感覺的他。所以…我喜歡倪曉芃這個人。」

又再次聽到尹方朔認真告白的倪曉芃，臉羞的想馬上找個地洞鑽進去，范蘋則在一旁哈哈大笑。

「我真是服了你了！好吧！既然如此，你就跟曉芃先從朋友做起如何？如果你能打動曉芃的芳心，我就承認你對曉芃的愛是真的！」

「咦！！你在說什麼啦～～」倪曉芃拉著范蘋害羞的說道。

范蘋看著倪曉芃「人家都這麼認真的告白了，你至少也給人家一個機會嘛…如果你不喜歡的話，大可不要理他呀！」

倪曉芃偷瞄了一下尹方朔，心想：天啊…要跟這樣的帥哥做朋友…對不善與人相處的我來說也太高難度了吧…

范蘋看到臉紅糾結的倪曉芃，用力的拍拍他的肩膀「放心，有我在，我會陪在你身邊的，以防他對你做出什麼不該有的行為…」

尹方朔淡淡揮揮手「才不會，我既然都說了我喜歡倪曉芃，我就會尊重他的意願，絕對不會強迫他做他不喜歡的事情。」

范蘋看向倪曉芃「諾…你看，他自己也這麼說了，你呢？」

倪曉芃又再偷偷看了尹方朔一眼，輕輕的嘆了口氣「好…吧…」

范蘋點點頭「好，就這麼說定了。」接著看著手上的錶「時間也差不多了，我們該回家了。」

倪曉芃經范蘋一提醒也看一看手上的時間「對耶…這麼晚了…該回去了。」

范蘋看向尹方朔「那你呢？」

尹方朔站起身「我…我想送曉芃回家。」

范蘋戲謔的看向倪曉芃「誒誒誒…人家說要送你回家哩！」

倪曉芃驚訝的緊抓著范蘋的手「我…我…」

尹方朔看著感覺有些驚恐的倪曉芃，臉上寫滿了失落，范蘋看著尹方朔落寞的神情覺得有些可憐並提議道。

「或許你可以跟我們一起走一段路⋯我和曉芃就住隔壁，你呢？」

尹方朔聽到蘋的提議覺得有些高興「我跟你們一起走！」

范蘋看著尹方朔這麼高興，再看看倪曉芃怯弱的躲在自己身後。

「看來這場戲有得演囉⋯」

倪曉芃抬頭問道「小蘋你說什麼有得演了？」

范蘋笑笑的回道「沒事！走吧！回家！」

於是奇怪的三人組合便在夕陽的餘暉下，慢慢的散步回家。

第四章　公主與騎士

回到家的倪曉芃全身放鬆的躺在床上，回想著今天放學後發生的事情，尹方朔的一舉一動、一顰一笑都深深的在他腦海裡不停打轉著，覺得他是那麼的與眾不同，原本覺得他花心、孤僻、嚴肅、冷酷，但卻是善良、沉默、不善表達、直率的大男孩。一想到他今天的熱烈告白，就讓他不禁臉紅心跳。

「天啊⋯我沒被人家這樣喜歡過耶⋯怎麼辦⋯」

憂喜參半的倪曉芃在床上滾來又滾去，想著明天該如何面對尹方朔，但好在他不是跟尹方朔同班，不然自己又看到他肯定又會害羞的不知道該如何是好。就在此時，倪曉芃的手機響起。

「喂…」

「哈囉…幸福的少女～～」電話一端傳來范蘋調侃的開心語氣。

「唉…小蘋…我很煩惱啊！」

「有什麼好煩惱的？」

「你明明就知道我就是個對人際交往有障礙的白痴，我連和班上的同學相處就覺得很吃力了，偏偏現在又來個尹方朔…」

「怎麼…我看你跟我相處的時候就還滿自然的啊！怎會有障礙呢？」

「你不一樣啦！我們從小就在一起長大，我自然也懂你比較多啊！但是尹方朔我可是完全不認識他耶，而且他又是個男的…」

「那你就想辦法去認識他啊！經過今天放學的觀察我覺得他不是個壞人，只是思想有些偏差而已。」

「……那你覺得我這個人際白痴對上思想偏差的笨蛋，會有交集嗎？」

范蘋在電話的另一頭沉思了一下。

「嗯…這個嘛…不試試看的話怎麼會知道呢？」

倪曉芃停頓了一下，想想范蘋說的話倒也不無道理。

「也是啦…可是…可是…」倪曉芃焦急的想說些什麼，但卻又不知道該說什麼好來反駁范蘋的話。

「沒什麼好可是的啦…反正敵不動，你不動。就看明天尹方朔的表現再說囉！剩下的我幫你處理。」

「好吧…」

「好了，時間也不早了，早點睡吧！明天見！」

「晚安。」倪曉芃掛了電話後，心中仍懷著忐忑的心情緩緩入睡。

　　一如往常的，倪曉芃和范蘋一同上學的途中，沒想到在公車到站後，又遇到尹方朔等在站門口。

　　「嗨！早安啊！尹方朔！」范蘋率先和尹方朔打招呼。

　　「早安，范蘋⋯倪曉芃。」尹方朔看著在范蘋後頭的倪曉芃，衝著就是一笑，讓倪曉芃害羞的直低頭。

　　全校校花和全校最帥的帥哥，罕見的一同上學，這事如同旋風般的傳了出去，馬上引起許多人的好奇，甚至還有人傳說『尹方朔和張琴分手就是因為范蘋的介入。』當然這種無中生有的無稽之談，范蘋根本就不會放在心上，但卻燃起了李綺綺的正義之心，為了幫好閨蜜打抱不平，在范蘋一到教室前，就看到李綺綺站在走廊，阻擋著他們三人的去路。

　　范蘋雙手叉胸沒好氣的說「幹嘛擋路？讓開！」

　　李綺綺也不甘示弱的站在原地「原來你就是介入張琴和尹方朔之間的臭小三啊！」

　　「蛤？」不懂李綺綺在說什麼的范蘋、尹方朔和倪曉芃，滿臉問號的站在原地。

「不用解釋了，看就知道你們兩一早就親密的搭著公車，相親相愛的一起走進校園，看了就覺得噁心！」

被李綺綺莫名指責的范蘋，頓時怒氣直線上升，往前靠了一步。

「看來是似乎是有人誤會了些什麼，曉芃，你先進教室去！」

「…喔…喔…」曉芃閃過李綺綺，走進教室，頭探出窗戶，有些擔心的看著遠方的范蘋和尹方朔。

「我先說清楚，我們可是『清清白白』，少來亂指鴛鴦譜。」

尹方朔也淡淡的說「我和范蘋沒有交往，我和張琴分手也不是因為他。」

李綺綺生氣的說「少來，明明就不會一起來上學的兩人，今天怎麼這麼恰好一同出現，然後又是在張琴被尹方朔分手後的這個時間點？」

范蘋嘆了口氣「唉…小姐，你別鬧了好嗎？我和他根本一點可能也沒有。」

「對呀，我喜歡的人不是范蘋，是…」正當尹方朔要說出來的時候，卻被范蘋阻止，范蘋小聲的對尹方朔說。

「不要在學校到處喧揚，不然倪曉芃會被找麻煩。」

尹方朔了解范蘋的用意後，便噤聲不再說話，看著眼前的兩人交頭接耳、眉來眼去的樣子，讓李綺綺更是火大。

「你們兩個夠了沒，少在我們面前曬恩愛！噁心！」

在李綺綺身邊的張琴看著兩人的互動甚是甜蜜，又不禁悲從中來，開始滴滴答答的開始啜泣。

看著張琴又在演悲情戲的尹方朔，受不了的嘆了口氣「唉…真是夠了…我進教室去了。」

當尹方朔走上前要準備進教室時，李綺綺伸手一擋「我還沒跟你算完帳！少給我落跑。」

尹方朔撥開李綺綺的手，隨即惡狠狠的瞪著李綺綺「我不想跟你在這裡胡鬧，滾！」然後便走進了教室。

看著眼前的李綺綺被尹方朔兇，范蘋得意的失笑出聲。

「唉唷…看看是誰惹了我們家尹大少爺生氣呢！」

「你…」李綺綺指著他，憤恨的咬牙切齒，正想衝上去賞他一巴掌的時候，正巧老師走了過來。

「上課鐘聲都響多久了？還在這裡吵吵鬧鬧的，快進教室去！」

眼見老師在場，李綺綺也不能光明正大的對范蘋下手，只好不滿的拉著張琴回到教室，范蘋看見李綺綺吃了個悶虧，開心的也回去了教室座位，經過尹方朔的身旁時尹方朔低語的問了一下「你沒事吧？」范蘋比了個『ＯＫ』的手勢，便坐回位子。

李綺綺拉著張琴回到教室後，便走到倪曉芃的面前。

「你告訴范蘋，今天老娘跟他沒完！今天放學後我在美術教室等他！你也給我一起過來！」

倪曉芃猶如驚弓之鳥的，瑟縮在座位上，頭也不敢抬的看著桌面怯怯的回答「好…」

看著倪曉芃懦弱的模樣，李綺綺「嘖！」的一聲便回到座位上。

在悠閒的渡過了平靜的上課時間後，倪曉芃一下課就馬上跑去找范蘋，看著倪曉芃的神色有些不對勁的范蘋，趕緊走到他的身邊。

「曉芃怎麼了？」

「那…那個…李綺綺說…他叫你放學後在美術教室見…」

范蘋輕笑了一下，隨即問「那他有對你怎麼樣嗎？」

倪曉芃搖了搖頭，范蘋的心就安了一半。

「那你放學後不要亂跑，乖乖在教室等我。」

倪曉芃點了點頭「嗯。」然後就隨著上課的鐘聲響起回到了教室。

時間到了放學時候，李綺綺走到倪曉芃的面前，拉著他的手。

「走，你也跟我一起來。」

倪曉芃驚恐的看著李綺綺問道「為…為什麼？」

李綺綺不耐煩的回應「我怕范蘋會放我鴿子！如果有你在的話，我想他不至於會不出現，算是拉個保險。」

　　倪曉芃有些抗拒，不太情願的緊黏著椅子。「可…可是…范蘋要我在這裡等他…」

　　李綺綺稍為用點力氣，就將倪曉芃拉起座位往門口的方向走去。「在這等還是在那等都一樣，你跟我走就對了。」

　　李綺綺就這樣拉著倪曉芃往美術教室的方向走去，這時范蘋偕同尹方朔前來班上接倪曉芃時，發現倪曉芃已不在座位上。

　　「糟糕…慢了一步…」

　　尹方朔有些摸不著頭緒，反問道「怎麼了嗎？」

　　范蘋深鎖著眉頭「曉芃被李綺綺帶走了，這個賤人。」

　　沒想到這事終究還是將倪曉芃扯了進去，尹方朔開始有些自責，要不是自己的關係，也不會害得范蘋被誤會，倪曉芃也被抓走。

　　范蘋拍了拍尹方朔的肩「別想那麼多，我知道他們在哪，走。」

　　於是范蘋和尹方朔也往美術教室的方向前去，到了美術教室，尹方朔和范蘋看到倪曉芃安然無事的坐在教室的角落，高

懸的心也放下了一半，但轉眼間看到一旁的李綺綺心裡也開始
警戒了起來。

「你有什麼事衝著我來就好，幹嘛把曉芃也牽扯進來！無
恥！」范蘋有些氣憤說道。

李綺綺不以為然的手插著腰「隨你怎說，如果我不帶倪曉
芃過來的話，我想你也不會這麼緊張的趕過來吧！」

「你…」范蘋像是被說中一樣，啞口無言。

尹方朔這時在一旁緩緩開口「你到底想幹嘛？我和張琴的
事你有必要插手到這麼深嗎？這是我和他的事情，應該不關你
的事吧！」

李綺綺緩緩的走向尹方朔，用手指用力的戳了尹方朔的胸
「張琴的事就是我的事，這事我管到底了。」

尹方朔撥開李綺綺的手「隨便你，反正我跟范蘋真的沒有
什麼，要信不信隨便你。」

范蘋接著說「尹方朔，你先帶曉芃離開，李綺綺要找的是
我，這事我來處理。」

尹方朔點了點頭便往倪曉芃的方向走去「走吧」尹方朔輕聲道

倪曉芃望著尹方朔又看看范蘋，顯得有些擔憂，范蘋知道倪曉芃的顧慮，自信的說道「放心，沒事的，我待會就去你家找你好嗎！」

倪曉芃點了點頭「范蘋，你自己小心。」然後便隨著尹方朔離開了美術教室。

離開美術教室的倆人，一路上什麼話都沒說，尹方朔不時的望向倪曉芃，看到他擔憂的神情，也不知道該如何是好，但他明白這時候應該要說一些話來分散他的注意力，於是很努力的在想要說什麼話題才好。

這時，路上突然飛出了一顆足球，尹方朔大喊「小心」，身體立即做出動作，先是用胸擋下足球，趁足球落下尚未碰地前，右腳一抬，「咻！」的將球給踢了回去。

目睹這一切的倪曉芃，先是嚇了一跳，再看到尹方朔流利的英姿，不禁心生佩服之感。

「你…好厲害…」

突如其來的讚美讓尹方朔不禁害羞了起來，紅潮爬滿了尹方朔俊俏的臉蛋，不停的在原地打轉，看著尹方朔面紅耳赤不知所措的模樣，讓倪曉芃不禁笑出聲來。倪曉芃甜美的笑靨，讓尹方朔不禁看呆失神。

「…好美…」

倪曉芃聽不清尹方朔說的話脫口道「嗯？你剛說什麼？」

尹方朔的思緒隨著倪曉芃的話語，回過神來慌張的趕緊解釋道「沒…沒…我是說…你…你笑起來很美…」

聽到尹方朔真誠的讚美，倪曉芃也隨即紅了臉「謝…謝謝…」

隨即倆個人又陷入了一陣沉默，尷尬氣氛隨即漫延，為了破解這樣的壇局，兩人很有默契的一同開了口。

「那個…」

「我…」

話語間的衝突，讓兩人相視而笑。

「哈哈哈…我們似乎都太拘謹了…」

「對呀…但…我真的很不擅長人際互動…我…不知道該如何與人對話，什麼時候該說些什麼，這對我來說…真的很難…」

尹方朔嘆了口氣，抬頭望著天空。

「我也是…我也不知道該如何與人互動…」

倪曉芃驚訝的看向尹方朔

「怎麼會？你不是有一堆女朋友嗎？」

尹方朔靜靜的說道「那都是他們自己倒貼過來的，我其實不太懂得拒絕別人，我覺得人際交往對我來說很麻煩。」

倪曉芃反問道「為什麼？」

尹方朔繼續說道「因為人與人之間的互動一旦說錯了什麼，或是做了什麼讓對方覺得不開心的事情，就會讓這份關係產生動搖甚至崩塌。所以為了要維持雙方良好的關係，就得必須去迎合別人、配合別人，我覺得這樣好累。」

　　倪曉芃聽了有些不懂「既然你覺得迎合別人、配合別人覺得好累，那為何又不去拒絕別人呢？」

　　尹方朔想了想「因為一旦拒絕了，就會有下一個人來告白，不如就答應了，除了能趕走一些蒼蠅，還能免去一些社交場合。畢竟沒有什麼人會想要邀請一個，已經有女朋友的人一起出去玩…」

　　倪曉芃想想，覺得尹方朔說的也有些道理，正當倪曉芃還在思忖尹方朔的一番話時，突然尹方朔往前靠了過來，讓倪曉芃一驚往後退了幾步。

　　「不過…你是第一個讓我想主動找麻煩的對象。」尹方朔認真的說。

　　從尹方朔剛剛的解釋中，倪曉芃似乎能夠理解為何尹方朔會頻頻更換女友，但不解的是，在尹方朔的身邊總是圍繞著各式各樣不同特色的女孩，可為何偏偏就是選中了他？

　　「尹…方朔，你…太近了…」倪曉芃把頭別了過去。

　　經倪曉芃的提醒，尹方朔立刻從倪曉芃的身旁彈起，語帶抱歉的向倪曉芃賠不是，看到尹方朔時而霸氣、時而慌張、時

而害羞的模樣，大起大落的情緒與平常在學校時的他完全不一樣，倪曉芃靜靜的看著尹方朔，除了讓人著迷的五官，連個性也是如此的平易近人讓人舒服。

「曉芃？」

「方…朔…」

不經意的呼喊，讓兩人的距離瞬間拉近了不少，突然意識到的兩人，又隨即害羞的低下頭，這時范蘋從遠方慢慢的跑了過來。

「喂～～你們怎麼還在這裡？」

「沒…沒有啦…只是走的比較慢而已…」倪曉芃顯得有些慌張的解釋道。

范蘋看著臉紅的尹方朔和倪曉芃，似乎嗅到了一絲有趣的味道，但秉持著良心好友的道德，范蘋只能回應一臉燦笑。

尹方朔看著范蘋不懷好意的笑臉，馬上帶開話題。

「李綺綺怎麼樣了？你們還好嗎？」

范蘋隨口道「沒事～～他能拿我怎樣？還不就是嘴上逞兇鬥狠而已，沒什麼。」

倪曉芃仔細的查看范蘋的身上，發現沒有任何的傷痕，於是便放心了不少。

尹方朔看著倪曉芃對待朋友的樣子，真心覺得這女孩既善良又與世無爭，難怪需要像范蘋這樣的悍女子在他身旁，為他擋去那些險惡的人事物，尹方朔默默在心中暗自許下，希望自己能夠成為倪曉芃身邊第二個范蘋，一直保護著他。

倪曉芃發現尹方朔看著自己的視線，又不禁臉紅了起來。

「你…幹嘛一直看我…」

尹方朔被倪曉芃這樣反問，倒是顯得有些害羞。

「沒…沒啦…既然都沒事了，我…我們一起回家吧！哈哈哈…」

尹方朔走在前頭，不自然的同手同腳走著，看得范蘋和倪曉芃咯咯咯的直笑著，尹方朔不為人知的一面，在這二人的身旁淡淡發酵著。

　　隨著時間的相處，三人行的組合成為了祈明高中的『特殊景觀』，又高又帥堪稱與校草並列三帥之一的尹方朔、祈明高中蟬聯二屆校花冠軍的范蘋，卻圍繞著一個文靜又不起眼的普通女孩倪曉芃，這樣的神話景象，讓許多人不禁開始在意起倪曉芃的來歷，連新聞部的人都想貼身採訪他，一探究竟，但都被范蘋和尹方朔給擋下。倪曉芃就像是個公主一樣，身邊被二位騎士給保護著，不過他本人卻不自知，校內的閒言閒語彷彿不存在般，都沒傳入他的耳裡，直到有天尹方朔向新聞部招開記者會，宣布自己已經死會，謝絕校內一概閒雜人等的消息，為祈明高中投下了一顆震撼彈。

　　「誰…是誰？是誰成為了尹方朔的新女友？」

　　「啊～～可惡！我沒機會了！」

　　「嗚…我的朔…」

　　「一定是那個倪曉芃！搶走了我的朔…」

　　女生圈裡此起彼落的哀嚎聲，讓不少男士們燃起了奮鬥的希望，而公主與騎士的故事，就在大家的視線下慢慢淡去，公

主與騎士相互注視著彼此，雙頰的紅潮伴隨著落下的吻有了個圓滿的結局。

-End-

電話情緣

Femdom Play

第一章　奇妙的體驗

與鄭螢從認識交往到現在結婚，已有逾十年的日子了，剛開始的甜蜜熱戀到現在的老夫老妻，感覺生活如同嚼蠟般的食之無味，看著來來往往的情侶在冷冽的寒冬中，襯托著聖誕節愉悅的氣氛，相互依偎著，你濃我濃的甜膩氣氛，讓秦尚珉不禁厭惡起自己現在的生活，或許是因為從一早就因為誰開車誰騎車的問題而在家與鄭螢大吵了一架、或許是被迫騎車而被路過的車子潑了一身水、又或許是因為一點小錯誤而在公司被上司責罵、又或許是今天在趕案子時忘記存檔而做了 3、4 個小時的白工……，許多衰事都在今天這應該是愉快的日子裡，一一的發生，猶如波濤洶湧的潮水向他襲來，令他招架不住。

「我現在終於可以了解那些女同事們常說的『水逆』了…唉…」

秦尚珉的心情與此刻的過節氣氛呈反比狀態，一想到要回家面對鄭螢，心中就感到無比的疲累，於是便決定找間酒吧喝

得爛醉，澆去一身的衰氣。這時他路過一間不起眼的地下酒吧，沒有明顯的招牌，就只有一個立板，上面寫著『Femdom BAR』。

「這裡怎麼有間新開的酒吧，來去逛逛好了。」

帶著滿滿的好奇心，秦尚珉穿過黑暗的地下道，推開了酒吧的門，皮革的香氣混著酒香，衝上他的鼻間，沉穩得令人舒適的味道，讓人全身放鬆，秦尚珉坐上吧台與調酒師打了聲招呼。

調酒師上下打量了秦尚珉一番，開口問道：「第一次來？」

秦尚珉有些不好意思的點頭「是…是第一次來，有什麼推薦的嗎？」

調酒師指著桌上的酒單「您想喝哪種類型的？濃烈的？清淡的？芳醇的？還是順口的？」

秦尚珉不假思索的回道「烈的！我今天就是要不醉不歸！」

調酒師不失禮貌的笑了笑「好的，我知道了。」

調酒師在吧台迅速的拿了幾瓶酒，然後依著量杯倒入雪克杯，熟練的上下搖晃，以優美的姿勢將調飲倒入玻璃杯中，並

禮貌的遞到秦尚珉的面前。秦尚珉對於玻璃杯裡鮮豔的混色液體覺得著迷，便開口問道「這是什麼？」

調酒師說道「這是由多種酒調合而成，並加入一些香草和萊姆中和口感，我們取名為『醉美人』，是本店最為濃烈也是最推薦的酒！」

秦尚珉一聽，隨即拿起酒杯躍躍欲試，初喝一口，滑順的口感流入喉嚨重擊著他的鼻腔，嗆辣感伴隨著酒精的灼熱感，讓他不自覺的混身發熱，紅潮瞬間佈滿他整個身體，腦袋的思緒彷彿被一掃而空，取而代之的是飄飄然的感覺，讓秦尚珉為這『醉美人』上癮。在一杯接著一杯的黃湯下肚，秦尚珉已醉得頭眼昏花，呈現彌留的狀態。

調酒師看著秦尚珉醉薰薰的模樣，試探性的問道：「請問客人對於今天的調酒還滿意嗎？」

秦尚珉開心的大笑「滿意！滿意！我喜歡！」

看著秦尚珉含糊的回話，調酒師勾起了邪魅的笑臉。

「那…本店還有一款特別的調酒服務，請問客人有需要嗎？」

秦尚珉反射性的回問「什麼服務呀？嗝！」

「Femdom Play，目前只服務 VIP 客人，我看您第一次來，索性讓您體驗一下，不知客人是否有興趣？」

秦尚珉撐在桌子上，高興的大叫「真的嗎？我想體驗！我想體驗！嗝！」

調酒師隨即走出吧台，並開啟吧台旁的隱藏門「來，這邊請。」

秦尚珉搖搖晃晃的站起身，往門的方向走去，皮革的味道更加濃烈，又夾雜了女性的香水味及些許的燒焦味。

「這裡就是我們的 Femdom Play 體驗館。」走進門內，當調酒師推開最裡面又厚重的隔音門，場內淫靡的叫聲及歡愉聲讓秦尚珉酒醒了大半，映入眼簾的是上半身赤裸的男男女女約有 3~4 對，每個女子都蒙著面，拿著皮鞭、蠟燭、手銬等器具，將幾近赤裸的男子踩在地上，猶如畜牲般的對待。

「這…這是…」秦尚珉感覺有些害怕，但看著現場淫靡的氣氛，又讓他感到有些性趣。

「客人，這是 Femdom Play，也就是專門服務喜愛皮繩愉虐的特殊客人設置的體驗館。」調酒師解釋道。

「皮繩愉虐？我…我沒這樣的癖好…」秦尚珉顫抖的雙唇，隨即被調酒師捺住，經調酒師近距離的凝視，秦尚珉感到有些猶疑。

「這種事…不試試看怎麼會知道呢？」調酒師放開秦尚珉後，帶著他來到一個包廂，包廂內坐著一名女子，身穿極短皮褲，胸前僅兩條皮帶遮住胸前兩點，由於光線有些昏暗，秦尚珉看不太清對方的臉孔。

「樂樂，這位客人就交給你開發了。」調酒師伸手一推，便將秦尚珉推入包廂，並將門關上。

「嗨！你好呀！」樂樂一邊開口一邊慢慢的走向秦尚珉，隨著樂樂走近燈光下，面具下的雙眸既銳利又攝人，秦尚珉感到有些害怕，卻又對於接下來將發生的事情充滿好奇。

「嗨…你…你好…」樂樂看見秦尚珉像似被逼到牆角的老鼠般，瑟瑟的發抖著，於是便溫柔的撫摸秦尚珉的手。

「不用怕…來…你是不是很想要這個…」樂樂將秦尚珉的手舉起，移至自己的胸前，並引導著他揉捻著自己豐滿白皙的雪乳，此一舉動讓秦尚珉有些不知所措，但手心傳來的觸感卻又這麼真實的讓他腹部下方的硬物，不自覺的昂然挺立。

見秦尚珉有了反應的樂樂，順勢將自己的手往下滑，輕撫著秦尚珉的異物。

「身體倒是挺誠實的嘛…你這個賤種…」

樂樂充滿魅惑又誘人的話語，伴隨著呼吸的氣息，讓秦尚珉不禁沉浸在這淫靡的氣氛當中，見秦尚珉的身體漸漸放鬆，樂樂慢慢褪去了他的衣服，僅留下被異物撐著頂高的內著，樂樂看著秦尚珉半啟的紅唇，不假思索的便上前吻去，經過短暫的體液交換，秦尚珉轉守為攻，將樂樂往自己的懷裡摟去，樂樂輕笑了一下，用力的推開他。

「還沒…別那麼急…」樂樂站起身，拿起桌上的短鞭，一屁股的往沙發上坐去，翹起纖細的長腿至秦尚珉的面前。

「舔它。」在酒精的摧化下，樂樂沉穩又帶點強硬的命令口語，讓秦尚珉失神的聽著樂樂的指示，細細的舔著他的腳趾，樂樂嗤笑了一聲，便俯下身，抓起秦尚珉的下巴。

「叫你舔你就舔，你還真是有夠賤呀…不是很愛面子？不是臉皮很厚？」

秦尚珉迷離的眼神，張口喘著氣「呼…呼…我…我…」

樂樂引導著已口齒不清陷入神迷的秦尚珉至身旁坐下後接著說。

「這麼乖的賤狗…是該好好的獎勵一下。」樂樂露出一邊的雪乳，將秦尚珉埋入自己的胸前，秦尚珉伸出舌頭，猶如看見食物的獵豹，直往樂樂那敏感的小紅葡萄攻去，被秦尚珉的猛攻有些嚇到的樂樂，拿起手上的鞭子就是往秦尚珉的背上一甩。

「啊嗯…」秦尚珉悶哼了一聲。

「賤狗，你弄痛我了，輕一點！」樂樂有些生氣的叫了一下，但仍將秦尚珉摁在自己的胸前，示意著要他繼續。

「原來你這麼想要啊！就給我放下你所謂的男性尊嚴，用心好好的品嚐品嚐吧！賤狗！」

面對樂樂的指令及鄙視的口吻，秦尚珉不感覺到厭惡，反而還勾起淡淡的興奮感，在享受肉體的歡愉之餘，仍希望著樂樂再多下點指令，秦尚珉從樂樂的雙乳中抬起頭來說道：「樂樂…我還要…」

樂樂微笑，又拿著短鞭朝著秦尚珉揮去。「叫我主人！樂樂不配你這個賤狗叫。」

被樂樂的辱罵感到有些興奮的秦尚珉，雖然覺得有些奇怪，但覺得應該是酒精的關係才會讓他變得這樣而不再去深究，在此刻的秦尚珉丟去世俗的一切、心中的枷鎖以及內心的紛擾，全心投注在他與樂樂的這樣遊戲當中，秦尚珉離開樂樂的胸前，像隻大型犬一樣趴臥在樂樂的腿上。

「主人…我想要…」秦尚珉向樂樂哀求道。

樂樂顯得有些高興問道「我的乖狗狗，你想要什麼呢？」

秦尚珉開心的回道「我要主人的全部！」

樂樂聽了以後大笑「哈哈哈哈…你這貪心的大狗狗…」說完後，便按下一旁的服務鈴。

「可惜你的體驗時間結束囉…我親愛的大狗狗…你該回到現實了。」樂樂的話一說完，調酒師便帶著兩名壯漢拾起秦尚珉的衣物，架著秦尚珉離開包廂。

被突如其來的舉動驚愕到說不出話來的秦尚珉，已連同衣物被丟包到一個陌生的房間。

「咦…咦！？咦！？現…現在是怎樣？現在是怎樣？」在秦尚珉還在驚慌失措之餘，調酒師溫溫的說道。

「客人，時間到了，您該穿上衣服回去了。」

秦尚珉默默的穿上衣服，一邊疑惑的說道「咦？主…樂樂呢？咦？現在是什麼情況？」

調酒師拉開門簾，引導著秦尚珉至門口「謝謝您的光臨，再見。」

碰的一聲，秦尚珉就這樣被關在門外，腦中充滿了許多的疑惑，但伴隨著酒精的副作用，秦尚珉無法繼續思考剛剛到底發生了什麼事情，只能搖搖晃晃的離開酒吧，前往回家的路上。

第二章　現實的無力感

秦尚珉回到家後，看到鄭螢坐在沙發上，一言不發的看著電視，似乎還在因為早上的事情在生氣，喝醉的秦尚珉也懶得理他，瞄了一眼餐桌上的豐盛大餐，才明白鄭螢生氣的理由，雖心生愧疚，但因為沙豬主義的影響，讓他拉不下臉向鄭螢道歉，一股腦的就往房間裡衝去。

鄭螢坐在沙發上看著電視，但眼角仍不時的望向回到家的秦尚珉，聞到滿身的酒臭味，也不一發語的直往房間衝去，委屈的淚水含在眼眶中不停的打轉。

「什麼嘛…今天是聖誕節，我辛苦的準備了大餐，結果電話沒人接就算了，還這麼晚才回家…然後連看我都不看一眼就跑去房間…」

鄭螢坐在沙發上淚水映著電視的畫面，順著臉頰默默滑落，鄭螢開始回想著這段婚姻到底是從什麼時候開始變質的？

是那年夏日的蜜月回來之後？還是想要個孩子卻一直生不出來的那時候？還是…

　　各種揣測充斥在鄭螢的腦中，讓鄭螢對於他與秦尚珉的這段感情更加覺得混亂，連自己是否還愛著他也不曉得；最近與秦尚珉的對話也日漸減少，更別說會相互分享自身的近況，連聲早安、晚安也成為了陌生的單詞。

　　「怎麼會這樣…」鄭螢將臉埋入雙腿中，覺得現在的婚姻生活真是一團糟，但也不曉得該如何是好，讓自己的心情沉靜了一段時間後，鄭螢起身準備去收拾餐桌，忽然看到地上掉了張紅色的名片，鄭螢拾起名片。

　　「應該是尚珉掉的…Femdom？剛剛他應該就是去這喝酒的吧…」鄭螢翻到名片的背後有著詳細的地圖引起了他的好奇心，鄭螢看了看房門，又看了手上的名片。

　　剛好趁著這煩悶不安的心情再加上又是聖誕節，鄭螢難得衝動的下了個決定「來去看看好了。」

　　鄭螢拿起門口旁的包包、鑰匙及大衣，穿上鞋後便草草出門，聽見開門聲的秦尚珉趕緊跑出房門，已不見鄭螢的蹤影，望著已緊閉的大門，輕輕的嘆了口氣。

　　鄭螢按著手上的名片來到，Femdom Bar 的門口，詭譎陰暗的地下階梯，讓鄭螢有些怯步，不自覺的往後退了幾步，不小心撞著了後方的人。

　　「啊…對…對不起、對不起，我不是故意的。」鄭螢忙著道歉的同時，一道沉穩的男聲從他頭上緩聲道。

　　「沒關係，請問小姐是客人嗎？」男子抱著紙袋，像似剛購物完，禮貌性的詢問著鄭螢，鄭螢支支唔唔的說不太出來，當男子看見鄭螢手上的名片，便微笑的半推著鄭螢入內。

　　「來，來，歡迎歡迎，我是這間店的調酒師兼店長，請問小姐今天想要喝什麼呢？」

　　鄭螢被半推著進入店內就坐，顯得有些不知所措，調酒師將手上的東西放下後，便輕聲向鄭螢推薦道。

　　「小姐，如果不介意的話，不如就由我來為小姐調製如何？」

　　鄭螢聽了調酒師的建議後，鬆了口氣點點頭，同意對方的提議，調酒師流利的拿起酒瓶和雪克杯，華麗的搖了搖後倒入酒杯，迷幻的淡粉紅色，讓鄭螢覺得欣喜。

「哇…好漂亮的顏色…」

調酒師禮貌性的點頭致謝，並將酒杯遞到鄭螢的面前「請用。」

鄭螢迫不及待的端起酒杯，啜飲了一口，鮮甜的水果味加上萊姆酒與威仕忌的香醇味，讓鄭螢一杯一杯的豪飲起來，沒多久便醉趴在桌檯上，開始喃喃自語。

「為什麼…為什麼…我們的婚姻會變成這樣…」

「或許是少了什麼新鮮感吧！」調酒師隨口的一句話讓鄭螢如夢初醒，從桌檯上爬起身。

「新鮮感…難道…他已經厭棄我了嗎…」鄭螢開始陷入了自我懷疑、失去信心的旋渦之中。

調酒師搖了搖頭「不是這個意思，兩人相處久了還是會膩的，就像酒一樣，單喝一種酒，一直喝也是會膩的，但你把各種酒依比例混合起來，創造出不同的口味層次，就會讓人覺得每一口都是全新的體驗，自然對於這杯酒就不會覺得膩，而是會想一再回味。」

鄭螢似懂非懂的點了點頭，調酒師繼續說道。

「要如何讓男人在你身上一再的回味，就得要增加你的味道⋯」

「那要如何增加味道？噴香水嗎？還是吃得清淡一點？」有些醉茫的鄭螢回應的話語像似個孩子，讓調酒師不禁笑出聲。

「呵呵⋯不是那種味道，而是『女人味』⋯來⋯我教你⋯」調酒師牽起鄭螢的手，往一旁的隱藏門內走去，看著一路上戴著面具的男女，用像似獵豹盯著羚羊的眼神，虎視眈眈的看著鄭螢，讓鄭螢感到有些害怕，便低頭閉著眼隨著調酒師將他帶入一間包廂內。

「樂樂，這個人交給你囉！」調酒師將鄭螢引領入內後便消失離去，留下有些錯愕的鄭螢。

「今天來的新客人怎麼這麼多呀⋯」樂樂慢慢的走向鄭螢，而鄭螢看到樂樂過於暴露的穿扮，則害羞臉紅的別過頭，樂樂輕笑了一聲，便抬起鄭螢的下巴，將他扭向自己。

「怎麼這麼害羞啊⋯小妞⋯」

鄭螢緊閉著眼羞道「我⋯我⋯你⋯你⋯衣服！衣服！」

　　樂樂對於鄭螢的反應，反倒笑了開懷，慢慢的牽起他的手說「大家都是女人，害什麼臊…」

　　「可…可是…」鄭螢欲再說些什麼，反倒被樂樂用手指阻止。

　　「沒什麼可是的…你來這裡幹嘛？我的小羔羊…」樂樂一面柔聲詢問，一面伸出舌頭舔上鄭螢的手。

　　或許是因為酒精的催化效應，讓鄭螢不排斥這樣的肢體接觸，反倒是有股電流從舌頭接觸的手腕上傳來，讓鄭螢不禁失聲叫了出來。

　　「啊…」

　　樂樂邪媚的笑了一下「好反應…」然後便順勢解開了鄭螢身上的衣物和內著，鄭螢呼之欲出的兩顆圓潤的雪球，就這樣掙開了束縛彈了出來，樂樂不給鄭螢喘息的機會，雙手迅速的撫上鄭螢胸前，用手指玩弄著兩顆挺立的小紅葡萄，在樂樂的挑弄下，鄭螢忍不住的叫出聲。

　　「嗯啊啊…哈…啊啊…啊…不…不…不要…」

看到鄭螢迷離的眼神，嘴角還牽流著透明的液體，樂樂用舌頭舔去嘴角上的液體，輕吻了鄭螢的嘴唇。

「你多久沒這樣了呀…小淫娃…」樂樂挑逗的說道。

鄭螢輕喘著「呼…哈…呼…我…我不知道…」

「不知道啊…我來幫你數數…」樂樂加重手指的力道，讓鄭螢按捺不住，晃動著身體。

「啊…啊…不…不要…」

樂樂開心的說道「求我啊…叫『主人』。」

沉迷於羞却與快感的鄭螢，用顫抖的雙唇輕喊「哈…啊…主…主人…」

樂樂滿意的點了點頭「乖…我的小母狗…記住這樣的感覺…這就是你特有的『味道』…」

正當鄭螢還在疑惑著樂樂的話語時，樂樂放開了鄭螢，走向沙發按下了服務鈴，過沒多久調酒師帶著2名女服務員前來，拾起鄭螢落在地上的衣物，攙扶著他離開包廂，帶到另一個陌生的房間，鄭螢面對剛剛的這一切，充滿了困惑，但酒精奪去了他的思緒，讓他無法思考這些突如其來的衝擊，只能默默的

穿上衣服，身上殘留的餘韻在衣服的所到之處，都不禁讓鄭螢感受到些許的快感，紅潮在他身上尚未褪去，這時調酒師出現在鄭螢的面前。

「客人，您的時間已到，還能起身行走嗎？」

鄭螢努力撐起搖搖晃晃的身體說道「剛…剛剛那是…？」

調酒師微笑說道「記住你的『味道』，別再讓它走味了…」

說完後便引領著鄭螢離開酒吧，鄭螢搖搖晃晃的走在街道上，恍神的依靠在路燈下。

「味道…這個感覺…」鄭螢抱著自己的身體，怯怯的發抖著，這時遠方跑來了一名男子，像似在四處尋找什麼，頓時男子往自己的方向一看，便飛也似的奔跑過來，由於酒精的摧化，鄭螢迷離的雙眼看不清遠方的男子是誰，覺得有些害怕，想要跟著跑走時，卻被一道聲音給喊住。

第三章　該繼續還是該離開

「鄭螢！」聽到這熟悉的聲音，鄭螢回過頭看，原來是秦尚珉跑出來找他。

「你跑去哪了？我找你找了好久…你沒事吧？」秦尚珉的臉上充滿了擔憂的神情，緊張的上下打量鄭螢是否無恙。鄭螢面對秦尚珉的關心感到有些開心，左手撫上秦尚珉緊抓著他右肩上的手。

「沒…沒事…我只是去喝了酒…喝多了…」

看著秦尚珉還是關心著自己，鄭螢的心也放鬆了不少。

「真是的…」秦尚珉話聲一落，便蹲下來示意要鄭螢上他的背。

「我…我可以自己走啦…」鄭螢不好意思的拒絕了秦尚珉，卻讓秦尚珉有些不開心。

「少囉嗦，叫你上來就上來。」面對秦尚珉厲聲言道，鄭螢只好順從的趴伏在他的背上，任由他背著自己回家。

一路上兩人沉默以對，雙方各懷不同心思，但誰也不願先開口，鄭螢在秦尚珉思忖著剛剛發生的事情，以及他與秦尚珉的關係。秦尚珉的酒氣尚未褪卻，背著鄭螢顯得有些吃力，搖搖晃晃的走在路上。

「喂！如果你不行的話就放我下來，我可以自己走。」鄭螢拍了一下秦尚珉的肩說道。

秦尚珉咬著牙不服輸的說「我…才沒有！我可以的！」

秦尚珉用力的往上頂了一下，喬了一下鄭螢趴伏在背上的位置，由於剛剛在酒吧的餘韻尚未完全褪去，秦尚珉在他臀上的手指及胸前傳來秦尚珉的溫度，一經剛才震動，衣服磨擦帶給他快感，讓他不禁在秦尚珉的耳旁悶哼了一聲。

突然被鄭螢嬌媚的悶哼聲給驚住的秦尚珉，停下腳步看著鄭螢。

「你…你還好嗎？」

被秦尚珉突然一問，鄭螢發覺自己剛剛的驚聲失叫有多麼的色情，害羞的別過頭去。

「沒…沒事…」

看著鄭螢羞怯的模樣，勾起了秦尚珉一臉壞笑。

「是不是這個地方讓你很舒服呀…」秦尚珉使壞的用手指在鄭螢的臀上來回遊移，鄭螢覺得有股電流從臀部直衝而上，

但他輕咬著嘴唇忍住不叫出聲，眼周擒著些許的淚水，輕握著拳捶向秦尚珉。

「秦尚珉，你…別鬧！」

好久沒看到鄭螢這般羞怯可愛的表情，讓秦尚珉回想起他們還在交往那時的快樂時光，也是像這樣打打鬧鬧的嘻笑怒罵，到底是什麼時候他們再也見不到彼此往昔的歡樂面孔？是結了婚之後買了房子？還是因為換了工作我常加班的關係？還是床事愈來愈少？各種的可能性在秦尚珉的腦中浮現，但不曉得鄭螢他是怎麼想的…

看著路上充滿著聖誕節的氣氛，秦尚珉停下腳步望向一旁行道樹上的燈飾，緩緩的說「對不起…今天讓你一個人在家了…」

聽到秦尚珉的道歉，鄭螢默默的流下淚，聽到鄭螢的啜泣聲秦尚珉溫柔的將他放下，輕輕拭去他在臉頰的淚水。

「不要哭了…是我的錯…是我讓你變得孤單了…」

鄭螢語帶哽咽的說「你…你今天是去哪裡了？我準備了聖誕大餐等你回來…結果…結果你…」

秦尚珉有些愧疚，明白自己不應該因為早上的事情跟鄭螢賭氣，還去了那間莫名其妙的酒吧⋯然後又做了一些奇怪的事情⋯秦尚珉向前抱住了鄭螢打算安慰他的同時，從他的身上聞到了一股熟悉的味道。

皮革味、酒味、香水味⋯這⋯這不是？秦尚珉一驚，推開了鄭螢不確定的問道。

「你⋯剛剛去了哪裡？」

被秦尚珉突然這樣一問，鄭螢開始顯得有些慌張，想起剛剛在酒吧裡發生的事情，遲遲不敢開口。

「你該不會去了 Femdom？」

聽到秦尚珉說出酒吧的名字鄭螢抖了一下，然後不知所措的緊握著雙手。

糟了⋯被發現了⋯怎麼辦⋯要說出來剛剛發生了什麼事情嗎？

「我⋯我⋯那個⋯」

秦尚珉未待鄭螢說話，便緊張的說「他們有對你怎麼樣嗎？」

聽到秦尚珉這樣問，鄭螢試探性的反問。

「你…也有去 Femdom？」

看見秦尚珉放開雙手，別過頭去的反應，鄭螢馬上知道，秦尚珉也去過 Femdom，於是他繼續問道。

「所以…你有被怎樣嗎？」

被鄭螢這麼一問，秦尚珉不知道該怎麼回答，但看到秦尚珉錯綜複雜的表情，鄭螢知道秦尚珉應該也跟自己一樣遭遇到同樣的事情，雖然有些吃味，但自己在酒精的催化下，再加上樂樂的挑逗，也不敵對方的強硬態度，屈服在樂樂的淫威之下…

兩人面面相覷許久，秦尚珉鼓起勇氣開口「對不起…我…那個…」

鄭螢見秦尚珉欲再解釋，便衝上前去環抱他，在他的懷中搖了搖頭「你什麼都不用說，就當作今天什麼事也沒發生，好嗎？」

　　見鄭螢的反應，秦尚珉先是愣了一下，隨即回抱鄭螢「對不起…之後我會改進…我不會再這麼愛面子了…我會好好待你的，讓我們回到從前那樣，好嗎？」

　　秦尚珉當下回想起樂樂對他說過的話、對他做過的事，讓現在的他了解，死撐著面子維持的男性尊嚴到底值了什麼？還不如丟棄這一切，好好享受當下的快感。

　　鄭螢聽見秦尚珉的真誠告白，抓著的手愈是緊，臉上也泛起了甜蜜的微笑，兩人便在聖誕節的樂聲燈光中相擁回家。

第四章　久違的幸福

　　回到家的兩人，迫不及的褪去彼此的衣物，秦尚珉捧著鄭螢的小臉，溫柔的落下一吻，鄭螢上前環上秦尚珉的頸子，讓吻更加的深入，兩人的舌尖在彼此的口中舞著浪漫的圓舞曲，透明的蜜液也隨著激烈的愛意流淌在鄭螢的嘴角，離情依依的看著鄭螢迷離的眼神，舐去嘴角的蜜液，雙唇如雨點般的落在鄭螢的身上，經秦尚珉挑逗的鄭螢想起了今晚樂樂給他的感覺，也想起了樂樂和調酒師所說的『味道』，於是鄭螢拋開以往的

羞怯被動，積極主動的將秦尚珉壓制在沙發上，被鄭螢突如其來的舉動感到有些吃驚的秦尚珉，望著鄭螢，發現今天的他跟以往的他完全不同，多了一股令人沉迷的女人味。

「今天的你好美…」秦尚珉脫口而出的這句話，讓鄭螢有些害羞，但決心要做出與以往不一樣的『女人味』的鄭螢，臉紅的用手指抵住秦尚珉的嘴。

「你…盡管好好享受就是了…」鄭螢褪去身上剩下的衣物，身體慢慢向下遊移至秦尚珉早已昂然挺立的私處，先是捧著胸前飽滿豐盈的雪乳將異物夾在山谷中間，上下運動著，從未體驗過這樣高潮的秦尚珉更是興奮到了極點，迷離的眼神著看鄭螢羞怯又努力模樣，讓他嘗到了前所未有的快感，讓秦尚珉的異物更是腫脹難捺，不停的搖晃著腰，鄭螢緩慢的停下動作，接著用他櫻桃般的紅唇含住秦尚珉昂挺的巨物，看到鄭螢做出這樣的舉動，秦尚珉更是又驚又喜，以前的鄭螢根本就不會這樣做，如今卻是如此的積極主動，在淫慾的加乘下，秦尚珉覺得今天的鄭螢充滿了『女人味』，讓他再也忍不住的爬起身，將鄭螢壓在身下，順勢將巨物滑入那已炙熱腫脹的蜜穴之中，

鄭螢隨著秦尚珉的律動『啊…啊…啊…』的嬌喘著，每一聲都讓秦尚珉感到心情愉悅，律動頻率愈是快速，在一陣野獸般的撕吼下，停止了動作，秦尚珉趴在鄭螢的身上，輕輕的落下一吻。

「螢…好久沒這樣叫你了…」

「尚珉…」

接著秦尚珉握起鄭螢的手「你還願意繼續和我一起走接下來的日子嗎？」

鄭螢微笑的點點頭「當然…」

兩人相握的手，無名指上的戒指，在聖誕月夜的照射下，繼續守護著兩人的愛情與婚姻。

過沒多久，鄭螢收到了來自聖誕節的禮物，讓秦尚珉高興不已，之後兩人曾回去找 Femdom BAR，卻已不復見，詢問附近的人，也沒人知道 Femdom BAR 去哪了，可能又會出現在某個街道旁，引誘著你我進入品嚐一杯吧！

-End-

國家圖書館出版品預行編目資料

電話情緣／汶莎　著.—初版.—
　臺中市：天空數位圖書　2020.02
　面：公分
　ISBN：978-957-9119-70-2（平裝）

863.57　　　　　　　　　109001408

發　行　人：蔡秀美
出　版　者：天空數位圖書有限公司
作　　　者：汶莎
編　　　審：沅子
製 作 公 司：傑拉德有限公司
　　　　　　　進業易有限公司
版 面 編 輯：採編組
美 工 設 計：設計組
出 版 日 期：2020 年 02 月（初版）
銀 行 名 稱：合作金庫銀行南台中分行
銀 行 帳 戶：天空數位圖書有限公司
銀 行 帳 號：006-1070717811498
郵 政 帳 戶：天空數位圖書有限公司
劃 撥 帳 號：22670142
定　　　價：新台 260 元整
電子書發明專利第　I　306564 號

紙本書編輯印刷：
電子書編輯製作：
天空數位圖書公司　E-mail：familysky@familysky.com.tw　http://www.familysky.com.tw/
地址：40255台中市南區忠明南路787號30F國王大樓　Tel：04-22623893　Fax：04-22623863